付き添うひと

子ども担当弁護士・朧太一

岩井圭也

ポプラ文庫

つきそい‐にん〔つきそひ‐〕【付添人】

1 人に付き添っていろいろな世話をする人。

2 家庭裁判所で審判を受ける少年の権利を擁護・代弁し、少年審判の手続きや処遇の決定が適正に行われるよう裁判所に協力する人。弁護士以外の人がなる場合は家庭裁判所の許可が必要。→国選付添人

（大辞泉）

目次

第一話

どうせあいつがやった

男のスーツは、見るからにくたびれていた。

背広は襟《えり》のあたりがほつれ、黒地のスラックスは表面がつるつるに擦《す》り減っている。実際、彼が着ているものは高級品とは言えない。量販店のセールで購入した上下二万円の代物だ。買う金がないわけではない。服は着られれば十分、という信条のせいである。髪型も無造作で、太い眉や剃《そ》り残した髭《ひげ》も、身なりに気を遣っていない証拠だった。

ただ、胸元で光るバッジだけはよく磨かれている。ひまわりと天秤が象《かたど》られたバッジは、照明を反射してきらめいていた。

四十がらみの男の顔には微笑が浮かんでいる。目尻は細められ、口元は緩やかなカーブを描いていた。

彼がいるのは小さな面会室だ。デスクを挟んで、ジャージ姿の少年がパイプ椅子に腰かけている。ジャージは鑑別所で支給されたものだった。身長は一七〇センチくらいか。やせ型で、頬が少しこけている。目つきは鋭く、唇は固く閉じられていた。半端に伸びた短髪に染めた形跡はない。

二人の他、室内には誰もいなかった。

「はじめまして。弁護士のオボロです」

差し出した名刺には〈朧《おぼろ》太一《たいち》〉と記されている。少年はふてくされたような顔で、机上に置かれた名刺を眺めていた。

「斎藤蓮《さいとうれん》さんですね。十七歳」

話しかけても少年は答えない。予想していた反応ではあった。

「ぼくはあなたの付添人《つきそいにん》です。大人の場合は弁護人と言いますが、未成年を担当する時は付添人と呼びます。知っていましたか？」

答えはない。

――初回なら、こんなものだよな。

オボロは内心でひとりごち、淡々と話を進めていく。

部屋には留置場のようなアクリル板の仕切りはなかった。その代わり、オボロの手元には職員から渡されたブザーが置かれている。何かあればこれを使って人を呼べ、という意図だが、オボロはこれまで一度も使ったことがない。

「勾留《こうりゅう》中の先生から代わるけど、心配する必要はありませんよ。同じことをまた質問してしまうかもしれないけど、その点は許してください。午前中は心理検査だったでしょう。どうでした？」

幾度呼びかけても蓮は微動だにしなかった。オボロは相手の顔から視線を外さない。目と目が合った瞬間、微笑みを消す。

「ぼくは、蓮さんの味方です。あなたのパートナーとして、権利を守り、代弁する立場です」

蓮の視線が揺れる。わずかに戸惑いが見えた。

「これから蓮さんが話してくれる内容について、ぼくが無断で他人に話すことはありません。調査官にも、裁判官にも、あなたのご家族にも。ただ、あなたの人生を考えるうえで、知ってもらったほうがいい場合もある。そう判断した時は、他の人に伝えてもいいか、確認させてもらいます」

蓮は落ち着かない様子で、視線を左右にさまよわせている。ささやかな手ごたえを感じた。本心は不明だが、とにかく反応を引き出すことができた。声は届いている。オボロは再び微笑した。

「ここがどこかはわかっていますか」

「……鑑別所」

初めて蓮が言葉を発した。

その返答の通り、二人が向き合っているのは少年鑑別所の一室である。

逮捕された蓮は家庭裁判所へ送致後、観護措置が決定された。家裁が調査を行い、結論を出すまでの間、鑑別所で保護するよう指示されたのだ。運用上、最長四週間をここで過ごすことになる。

　この鑑別所では面会時の飲食が禁じられている。面会する少年にジュースを奢《おご》るのはオボロの常套《じょうとう》手段だが、ここではその手が使えない。

「そう。鑑別所です。どうしてここにいるか、説明できますか」

　沈黙が流れた。蓮は気まずそうに押し黙っている。つい発言を催促《さいそく》したくなるが、ぐっと我慢する。この質問は、自分の意思で口を開かせるのが目的だ。無理に話をさせたところで、会話にはならない。警察や検察と同じ取調べになるだけだ。

　少年との初めての面会前、予断を抱いてしまわぬよう、オボロはあえて事件記録に目を通さないことにしている。供述調書も結論だけ見ているが、経緯は読んでいない。つまり現時点では事件の全容がはっきりしない。

　根気強く待っていると、唐突に蓮が口を開いた。

「人を、殴ったから」

　ちぎって捨てるような言い方だった。

「いつ頃ですか」

「先月。二、三週間前」

「相手は」

「ホームレスのおっさん」

　どこかで意識が切り替わったのか、愛想のない口ぶりではあったが、蓮は質問に答えを返すようになった。オボロは要所でメモを取りながら質問を続ける。

「どうして殴ったの」

「ムカつくから。目につく場所に汚いやつらが住んでて、うっとうしい」

「腹が立ったから、殴ったんだ」

「そう言ってんじゃん」

投げやりだった口調に憤《いきどお》りが混ざる。徐々に感情がこもってきた。

「どうやって殴った？　道具は」

「金槌《かなづち》で。なんか、おっさんの家に落ちてたから」

「用意していたわけではないんだ」

「当たり前だろ。そんな、わざわざ殴りに行く相手じゃない」

苛立ちが露わになってくる。触れたくない話題に近づいている時、多くの少年はあからさまに不機嫌さを伝えようとする。仲間内ならともかく、警察官や裁判官、弁護士にそれは通用しない。

「時間は何時頃だったのかな」

「知らない。夜」

「わざわざ、夜に河川敷にいたのはどうして」

「普通に、ふらふらしてた。別に目的とかない」

蓮は先ほど、わざわざ殴りに行く相手じゃない、と証言した。つまり〈ホームレスのおっさん〉を殴ったのは計画外であり、そのために河川敷へ出向いたわけではないということらしい。

　しかしそうなると、夜の河川敷に足を運ぶ目的がわからない。無目的に歩いて、たまたま河川敷に辿り着く可能性がどの程度あるのだろうか。

　――まだ、整理できていないか。

　少年の発言に一貫性がないからといって、意図的に嘘をついているとは限らない。本人もまだ混乱している可能性がある。いきなり正面から矛盾を突けば、激昂《げっこう》して心を閉ざされてしまうかもしれない。

「では、殴った相手がどうなったか確認した？」

　質問の角度を変えてみる。

「血は出てなかった。殴ったらうつぶせに倒れて、動かなくなった」

　蓮は急に、噛《か》みしめるような、ゆっくりとした口調になった。慎重に記憶を掘り起こしているようにも、失態を演じないため注意しているようにも聞こえる。

　取調べで厳しい応対を受けたのが、ちょっとしたトラウマになっているのかもしれない。蓮には補導の過去もない。警察官とまともに話したのは、事件後が初めてだったはずだ。緊張も感じられる。

「ぼくは味方だから。失言を恐れる必要はないよ。正直に答えてくれればいい」

「もういいって。何回も話したから」

懐柔《かいじゅう》するような言い方が気に障《さわ》ったのか、蓮の姿勢は頑《かたく》なになっていく。いったんは対話に向かいかけたが、再び殻にこもろうとしていた。オボロが次の手を思案していると、蓮が舌打ちをした。

「ヘラヘラすんなよ。大人のくせに」

この微笑みは、少年事件を扱っているうち自然と身に付いた。どんな少年少女でもなじられても、オボロの微笑は揺るがない。長年の訓練の賜物《たまもの》だ。

も、受け入れ、味方であることを態度で示すための武器。同時に、オボロの心を守るための鎧《よろい》でもある。どんな表情をすればいいかわからない時でも、微笑していれば心の余裕を保つのに少しは役立つ。

「悪いね。元からこういう顔で」

「バカだろ」

吐き捨てた蓮はあさっての方角を見ている。

その後もオボロは根気強く質問を重ねたが、まともな答えはほとんど返ってこなかった。

最初の面会でいきなり心を開いてくれることは少ない。言い訳をしたり、嘘をついたりするのはまだましだ。一応は対話の意思が感じられる。だからオボロにとっては、沈黙を決め込まれるのが一番辛い。

――これは骨が折れるな。

一時間強の面会は、オボロの一方的な投げかけに終始した。

「また来るよ。これからよろしく」

パイプ椅子から立ち上がったオボロに、蓮は「ねえ」と声をかけた。反応があったことに驚きつつ「どうしたの」と身を乗り出す。蓮はその目をじっと見て、ゆっくりと言う。

「何のためにここまで来たの」

暗に、付添人など不要だと言わんばかりだった。オボロは笑みを深める。

「あなたと話すために」

蓮はオボロの顔を凝視したまま、固まった。意外な切り返しだったらしい。いい意味か悪い意味かは読めないが、ともかく印象を残すことはできたようだ。

室外にいる職員に面会終了を伝えると、蓮は部屋から連れ帰られた。

選任の手続きを済ませ、鑑別所から出ると、晩秋の風が首筋を吹き抜けた。曇天の淡い灰色が、肌寒さをいや増す。歩きながらスケジュールを振り返る。

家裁の審判期日まで残り三週間。それまでに、斎藤蓮のパートナーとして彼の権利を代弁できるようにならないといけない。通常、期日までの面会は三回程度だが、もう少し頻度を上げたほうがよさそうだ。

財布に入ったＩＣカードをかざし、駅の改札を抜けた。

手のなかの財布には、少年の心を開かせるための切り札が入っている。だが、この切り札は諸刃《もろは》の剣《つるぎ》だ。うまくいく時は効果絶大だが、相手によってはさらに心を閉ざしてしまう。使いどころは慎重に選ばないといけない。

蓮との面会は上首尾《じょうしゅび》に終わったとは言えない。だが、味方だと伝えた時、確かに蓮の視線は揺れた。少なからず心が動いたはずだ。

大丈夫、対話の余地はある。

オボロはそう自分を鼓舞して、事務所への帰路を歩いた。


「いやいや、ご無沙汰ですね。半年ぶりですか」

家庭裁判所調査官の浦井《うらい》は小太りの身体を揺すって笑う。面白くて笑っているのではなく、とにかく笑顔を見せることが彼なりの処世術《しょせいじゅつ》なのだろう。笑い方の派手さは違うが、要はオボロと同じやり口だ。

「浦井さんはお変わりないようで」

「それが太っちゃって。この間健診だったんだけど。一年で二キロ増えてました」

裁判所の会議室に、浦井の笑い声が響く。

少年事件では、成人事件と違い、検察官は一定の例外を除いて起訴しなければならない。事件は家庭裁判所へと送られ、検察から家裁へとバトンタッチされる。成人のように公開裁判が開かれることもなく、非公開の審判が行われる。

その審判で重要な役割を果たすのが、調査官だ。

オボロの職務上、調査官は最も接する機会が多い職種の一つである。裁判所の職員である調査官は、少年事件など、家庭裁判所での審判に必要な調査を担当している。今回の事案については浦井が担当の調査官だった。

調査官がまとめる調査報告やそこに付された意見は、家庭裁判所に提出される。また、付添人はそれとは別に意見書を提出する。家裁の裁判官はそれらの書類を吟《ぎん》味《み》して審判を下すが、その結論が調査官と同一になるケースは少なくない。

そのため付添人のオボロとしては、処遇ができるだけ軽くなるよう下調べや準備をしつつ、蓮が納得できる結論を導くよう調査官に求める必要がある。

「えーと、斎藤蓮さん。ああ、はいはい。路上生活者への暴行事件だ」

浦井は手元のファイルを繰《く》りながら、改めて書面に目を通す。朗らかな表情から一転、厳しい顔つきになった。心証が顔に出ている。

「調査はもうはじめていますか」

「まだですが……でもこれ、どうせ逆送でしょ?」

裁判官が刑事処分相当と認めた場合、事件は検察官に送致され、成人と同様に起訴、刑事裁判という流れが待っている。その場合は公判も開かれる。家裁に送られた事件が戻されることから、検察への送致は〈逆送〉と呼ばれていた。特に重大事件については逆送となることが多い。

「それは調査結果にもよりますよ」

オボロは反射的に反論していた。路上生活者への襲撃を認めている蓮はこのままいけば逆送となる可能性が高いが、調査の前から決めつけるような言い方は受け入れがたい。保護観察への道だって残されているはずだ。

「そうかなあ。いや、結論が決まっているからって手を抜くわけではないですよ。調査はきちんとやります。でもねえ。本人も認めているし、後追いになるだけじゃないかな。進行協議はやるんでしたっけ?」

「申し入れはしたんですが、必要性はないと」

「ならしょうがない」

期日までの進行に関する裁判官との打ち合わせを進行協議と呼ぶ。重大事件や、複数の期日を設定すべき事件では進行協議を行うことが多い。オボロとしては蓮に不利な心証を形成されないため、進行協議で裁判官に釘を刺しておきたかったが、裁判官の側から不要と判断された。

「高校は中退……学校への照会はかけてもいいですよね」

オボロは頷《うなず》く。

少年が学生の場合、在籍する学校への照会を避けてもらうこともある。照会によって非行事実が学校に知られてしまうせいだ。重大でない案件では、意外と、学校は非行事実を把握していない場合がある。裁判所から事実が知らされ、事実確認の前に退学や停学などの処分が下るのは避けなければならない。

　ただし蓮は昨年、高校を退学している。そのため学校照会を止める理由はなかった。

「保護者への聞き取りは、先生も同席しますか」

「いえ、こちらの予定はお構いなく。浦井さんもお忙しいでしょうから」

「そうしてもらえると助かるな」

　蓮は母子家庭で育っている。父母は十三年前に離婚しており、父親との交流は皆無。きょうだいはいない。

「しかしまあ、金槌で殴るとはね」

　浦井は口をへの字に曲げ、供述調書に目を通している。少なくとも、同情の念を抱いているようには見えない。

「えー、被害者の男性は、当初は全治二週間程度の怪我と見られていたが、その後、殴打の影響で急性硬膜下血腫《きゅうせいこうまくかけつしゅ》となったことが判明、手足の麻痺《まひ》や記憶力の低下が見られる、と」

　被害者男性には事件直前の記憶がなかった。倒れていたのは自分の住む小屋であったが、犯人を招き入れたのか、いきなり襲撃されたのかも定かでない。当然、犯人の顔など覚えていなかった。

「この子も何を考えて、金槌で人の頭を殴ったのかね」

　オボロは慌てて「待ってください」と割り込んだ。

「彼の単独犯と決まったわけではありません」

「いやいや、目撃者もいるしその線は無理がある」

犯行時刻の前後、河川敷周辺の路上で蓮を見たという目撃証言があった。目撃者はアルバイト帰りの元同級生で、街灯の下の横顔まではっきり見えたという。何より、蓮自身が自分一人の犯行だと認めている。


だが、オボロはその筋書きをすんなり呑《の》み込むことができなかった。

とりわけ、河川敷にいた理由が気になる。

蓮との面会後、改めて事件記録に目を通したが、当夜の行動については取調べでも「ふらふらしていた」とだけ証言していた。しかし事件現場は蓮の自宅アパートから一〇キロも離れている。徒歩で移動していた蓮が偶然辿り着くにしては遠すぎる。それに、当該の河川敷に立ち寄る理由などない。あるものと言えば、路上生活者の段ボールハウスくらいだ。


「彼はまだ事実を話していない気がするんです」

オボロが本音を漏らすと、浦井は露骨に顔をしかめた。

「まさか、非行事実を争うつもりですか」

「場合によっては」

「本人が認めているのに？」

「ですから、場合によっては」

正直に言えば、今後の戦略についてはまったくの未知数だった。事実を争う余地があるかすらわからない。だが、全面降伏するつもりもなかった。

納得しかねる、と言いたげに浦井は腕を組んで瞑目《めいもく》した。

「うーん……付添人として、少年に有利な情報を集めることは結構ですがね。でも先生、勘だけで意見書は書けませんよ」

もっともである。現時点で、蓮の非行事実を争える材料は何一つない。根拠はオボロ個人の違和感だけであり、そんなものを裁判官が認めるはずがなかった。

「これは老婆心から言いますがね。裁判官が心証形成する前に、さっさと意見書出したほうがいいんじゃないですか」

「しかし……」

「ほら、ここ見てください」

浦井が事件記録に添付された写真を指さす。凶器の金槌が写っていた。

「金槌の柄を拭《ぬぐ》った跡があります。おそらく指紋を消したのでしょう。斎藤蓮が証拠隠滅を図った証拠じゃないですか。裁判官は悪意をもって犯行に及んだと判断しますよ。深く突っこまれないうちに、意見書をまとめたほうがいい」

「それだけでは彼の犯行とは言えません。それに、共犯者がいたのかも」

「先生」

浦井はうんざりした顔でオボロを見やる。

「あんまり入れ込みすぎないほうがいいですよ」

「少年が頼れるのは付添人しかいません」

諭《さと》すような口調は浦井なりの心配の表れだろうが、オボロもすんなり引き下がることはできない。浦井はうつむき、人差し指で額を掻《か》いた。

「……こういうこと、言っちゃいけないんでしょうけど。私たちがどれだけ奔走《ほんそう》したところで、彼らが変わるとは限らないじゃないですか。先生も、それなりに経験あるんだしわかるでしょう？　家裁に送られた子のうち、何割が立ち直ったんです」

浦井の言葉から、オボロは直感した。

――この人は、ぼくの過去を知らない。

裁判官や調査官は二、三年の周期で転勤するため、最近知り合った関係者のなかには、オボロの過去を知らない者も少なくない。浦井がこの家裁に来たのは昨年。知らないのも無理はない。

オボロにとっては、そのほうが仕事はやりやすい。駆け出しだった頃は、少年や保護者だけでなく一部の調査官からも白い目で見られた。その一方、弁護士として少年保護事件を手がけるオボロを激励してくれる関係者もいた。

よくも悪くも過去は風化する。

「何割だとしても、やるしかないです」

心配する浦井に、オボロは曖昧な笑みを見せた。

雨上がりの路上には、ほんのりと土臭さが漂っている。

傘を畳んだオボロは、スマートフォンの地図を頼りに目的の団地へ向かっていた。近づいているはずだが、路地が入り組んでおりなかなか到着しない。約束の午前十一時が近づいていた。少し足を速める。

狭い路地で、自転車に二人乗りした少年とすれ違う。平日の午前中、まだ学校の授業がある時間のはずだ。後ろに乗った金髪の少年が無遠慮な視線をオボロに投げかけた。民家の窓から顔を出した中年の女性が、けだるそうに煙草の煙を吐いている。シャッターの下りた商店の軒先で、日に焼けた男性が缶チューハイを飲んでいた。

オボロが育ったのもよく似た町だった。日本中に存在する、ありふれた下町。平屋のアパートの一角で、七歳から十四歳まで過ごした。それ以前は祖父母のもとで過ごしていたようだが、詳しいことは覚えていない。両親とはとうに縁を切っている。

小さな公園の角を曲がると、行く手に巨大な灰色の直方体が現れた。コンクリート造りの団地棟だ。

近づくと、各戸のベランダの様子まで目に入る。そのすべてにエアコンの室外機が据《す》えられていた。中身が一杯のビニール袋や使われなくなった家具が放置され、ゴミ捨て場のようになったベランダもある。干しっぱなしの洗濯物が風に揺れていた。

斎藤蓮の自宅は4号棟2階にある。人気《ひとけ》のない敷地を横切って、目当ての部屋を探し当てた。ドアの前に立つとにわかに緊張が高まる。

インターホンを押すが、扉は開かなかった。

「こんにちは。弁護士のオボロです」

ドア越しに声をかけるが反応はない。嫌な予感がした。

訪問することはあらかじめ母親に伝えている。渋々ではあったが、一応了解は得たはずだ。土壇場で逃げたのか。これまでにも、そういう経験がないではなかった。

「斎藤さん。オボロです。いらっしゃいますか」

執拗《しつよう》にノックすると、ようやく内側からドアが開いた。髪を褐色に染めた女性が、疎《うと》ましそうにオボロを睨《にら》む。歳は四十前後と見えた。化粧はしていないが、眉だけは描いてある。

「やめてください……うるさい」

彼女の名は、斎藤亜衣子《あいこ》。蓮の実母である。オボロは微笑を浮かべる。

「失礼しました。不在だったらどうしようと思って」

「いないわけないでしょう。約束したんだから」

亜衣子の案内で、オボロは足を踏み入れる。玄関にはラベンダーの香りが充満していた。ふと見れば、靴箱の上に真新しい芳香剤が置かれている。廊下には埃《ほこり》や毛髪が落ちていた。

「あまりじろじろ見ないでください」

亜衣子に眉をひそめられながら、オボロは密かに室内を観察する。間取りは2K。正面にはリビングがあり、右手の部屋の扉は閉ざされている。溜《た》まったゴミ袋か何かを、急いでその部屋に移したのだろう。廊下にところどころ埃が積もっていない場所があるのは、さっきまでゴミが放置されていたせいだ。綺麗にしているとは言い難いが、とりわけ汚いわけでもない。人を呼ぶ時にゴミを片付け、臭い消しを置いておく気配りはできる。

オボロはリビングに通された。六畳の洋間に小さな台所が付いている。台所には汚れがこびりついていたが、シンクに洗い物は残っていない。隅には畳まれた洗濯物が重ねられていた。

勧められるまま座布団に腰を下ろす。名刺を渡すと、亜衣子は顔をしかめた。

「蓮さんの付添人のオボロです。よろしくお願いします」

はあ、と言葉にならない相槌を打ち、亜衣子は名刺をローテーブルに置いた。うつむいたその顔は、よく見れば蓮と似ている。

「今日はお母さんに色々訊きたくてお邪魔しました」

「あの子、警察で全部話したんじゃないんですか」

亜衣子は退屈そうな表情で手元を見ていた。少なくとも表面上、息子が逮捕されたことへの動揺は見られない。

「だいたい、弁護士さんに付いてもらう必要ありません。あの子が自分で落とし前をつければいい。それに、うちお金ないですから」

「国選の付添人ですから、斎藤さんに費用を負担していただく必要はありません」

「ああ、そう。でもあの子、自白してるんでしょう。少年院じゃないんですか」

「いいえ。蓮さんがどんな処分になるかはまだわかりません」

亜衣子は首をかしげている。

「逮捕されたからといって、必ず少年院に送致されるわけではないんです。蓮さんの処遇は、家庭裁判所の結論で決まります」

「……少年院じゃないなら、刑務所ですか」

「少年刑務所というのもありますが、それ以外にも色々あるんです。たとえば、保護観察。自宅や職場で生活を送りながら、指導を受けるんです。再非行の危険がないと認められれば、不処分になることもあります」

「でも、蓮はもう不処分にはならないでしょう?」

「今の段階では何もわかりません。ですから、蓮さんの今後を考えるため、お母さんには確認したいことがたくさんあります」

まだ納得していない様子だったが、それ以上は反論しなかった。とりあえず、抵抗は諦めたらしい。

「まずはご職業を教えてください」

その問いに、亜衣子は失笑して見せた。

「調べてないいんですか。生花店の事務。店番もやってるけど」

オボロはメモを取りながら話を進める。

「いつからそこで働いているんです」

「五年くらい前かな。よく覚えてない」

「その前は？」

「キャスト。キャバクラね。年齢的にキツくなって、店クビになったの。路頭に迷いかけたんだけど、出入りの花屋で事務の人が辞めたからそこにうまいこと入れた。簿記なんかできないけど、商業高校出だから」

過去を語る亜衣子の表情は真剣だった。

「蓮さんの生活態度を伺いたいんですが」

「ちょっと、吸ってもいいですか」

「どうぞ」

亜衣子はいったん席を立ち、台所の換気扇を動かしてから加熱式煙草を吸いはじめた。

「えーと、それで……蓮のことか。最近は、何やってたかよくわからないですね。

小学生までは近所のゲーセンとか、ハンバーガー屋でつるむくらいだったと思う。中学に入った頃から、夜出歩くようになったみたい。うちの花屋、夜も営業してるから、私も家帰るのが遅くなるんです。十二時とかに帰っても家にいないことが多かったなぁ」

一人息子について話しているというのに、まるで他人事《ひとごと》だった。

「じゃあ蓮さんは、お小遣いで遊んでいた？」

「どうかな。花屋になって給料も下がって、小遣いなんかほとんど渡してなかったけど。私も私で、生活カツカツでしたから。あの子の面倒まで見る余裕ないっていうか。中学生なら、一人で生きていける年齢でしょう」

ひどく投げやりだ。オボロは小指で額を掻いた。

「高校を中退したのは、同級生への暴力行為が原因ですか」

ここへ来る前に、高校には問い合わせていた。校内暴力でたびたび騒動を起こしており、最後は本人の意思で退学した、というのが学校側の言い分であった。

「たぶん。中学から、ヤンキーっぽくなったみたいですけど。大した小遣い渡してなかったのに、知らない服着てたり、髪染めてたりしたから、あぁ、どこかで金ぶんどってきたんだな、とは思ってました」

聞き逃せない発言である。オボロが「詳しく教えてください」と言うと、亜衣子はいかにも面倒くさそうに片頬を歪めた。

「そんな覚えてないけど……三年前だから、あの子が中学二年の時か。いきなり髪を赤く染めてきたんですよ。頭どうしたのか訊いたら、美容院でやった、って返ってきて。美容院なんか通ってるのかよ、と思ったから覚えてます。カラーリングしたらそれなりに金もかかるし。その時、他にも気がついて。ピアスとか、変なサングラスとか。なんか服も見覚えないやつで。それで察したんですよね。こいつ金せびってんな、って」

オボロは手帳にペンを走らせる。家裁で閲覧した記録には、蓮が素行不良である旨は記されていたが、具体的な行為までは言及されていなかった。

「金をせびっていた相手はわかりますか」

「さぁ。カツアゲでしょ」

「学校の同級生や後輩ということですかね」

「さぁ」

亜衣子は薄い煙を吐きながら、同じ台詞を繰り返した。

「お母さんは、学校から呼び出しを受けなかったんですか」

「呼ばれましたよ。学校には何回も行きました。最初は中学上がってすぐだったかな。喧嘩で怪我させたか何かで。呼ばれたのなんて初めてだったんで、相手の親のところへ、菓子折り持って謝罪に行ったりしました。蓮のことも叱りました。でもねぇ、同じことがしょっちゅう続くと、こっちももう諦めますよ。先生のほうも呆れて、見放していたし。そのうちこっちが無視するようになりました」

述懐《じゅっかい》する横顔には徒労感が滲《にじ》んでいる。亜衣子なりに、蓮を育てようという意思はあったのだろう。かつては。

「高校を中退してからはどう過ごしていましたか」

「ガソリンスタンドで働いてたけど、一年もせずに辞めました。あとは知りません」

「仲のよかった友達は誰でしたか」

「すみません、一切知らないんです」

「最近様子がおかしいとか、なかったですか」

「わかりません」

オボロは食い下がるが、亜衣子の返答はそっけない。固い殻にこもってしまったような空気を感じる。

「何でもいいんです。蓮さんに関することなら」

「私には、蓮のことはわからないから」

こういう態度の保護者と接するのは、初めてではない。子どもに関心を持たない親、子育てを諦めてしまった親はいる。そういう家庭で育った子どもたちが皆、非行に走るわけではないが、親の無関心は肌でわかってしまうものだ。手を差し伸べられていないと感じる子どもが立ち直るのは容易ではない。

「そもそも母親になったのが、間違いだった」

亜衣子の視線はベランダに面したガラス戸へ向けられていた。まるで、そこに映った半透明の彼女自身へ語りかけているようだった。

「なりゆきで妊娠して産んだだけで、覚悟とかなかったし。血がつながってても、結局は他人じゃないですか。他人の考えてることなんてわからない。家族だから理解するべきだなんて、傲慢《ごうまん》だと思いません？」

その問いに、オボロは答えられなかった。

蓮の付添人として、否定すべきだとわかっている。だが朧太一という人間の思想は、むしろ亜衣子に共鳴していた。親だから、子だからといって、相手を想い尊重する義務はない。血のつながりは愛の裏付けにならない。

七歳から十四歳まで過ごしたあのアパートが、目の前の光景と重なる。平屋の汚くて狭い部屋。湿った空気に充満した、けだるさと不穏さ。

深夜、母は不機嫌そうに金の勘定《かんじょう》をしている。父は部屋の隅で所在なげに煙草を吸っている。小学生のオボロは二人の間で膝を抱えていた。夜更かしを咎《とが》める者はいない。それどころか、寝付いていたオボロを叩き起こしたのはこの両親だ。

——ぼくは両親を愛していたのだろうか。

確かなことが一つだけある。両親は、オボロを愛してはいなかった。愛していたなら、あんなことはさせなかったはずだ。

「……そういう考え方も、あるでしょうね」

賛同の言葉を喉元で呑み込み、そう答えるのが精一杯だった。

前回の面会よりも、蓮は疲弊していた。

ジャージを着て、パイプ椅子にだらしなく座っている姿は同じだ。だが顔つきがやつれている。目もどこか淀んでいた。勾留までは張りつめていた緊張が、鑑別所に移ってから切れてしまったのかもしれない。自分の置かれた状況を改めて理解し、将来への不安が募る時期でもある。

「ご飯はちゃんと食べられている？」

「……普通」

そっけないが、答えが返ってきたことにオボロは安堵する。

「お母さんと会ってきた。あと、元職場の人たちとも」

途端に蓮の目尻が吊り上がる。まだ本題に入る前だというのに。

「ムカつく」

「どうしたの」

「どうせ変なこと言ってたんだろ、あいつら。なんだよ」

あいつら、というのは職場の同僚たちを指しているのだろう。実際、彼ら彼女らの証言は蓮に有利とは言い難いものだった。

オボロは亜衣子と面会したその足で、蓮のアルバイト先だったガソリンスタンドを訪問した。店長には事前に話を通しており、すんなりと事務所へ案内された。

――孤立している雰囲気はありましたね。

そう証言したのは、最初に聞き取りをした三十歳前後の店長だった。

――正直、仕事の覚えはよくなかったです。遅刻や欠勤はなかったし、不真面目ではなかったですけど。でも、要領が悪いっていうんですかね。先輩に教えてもらうとか、周りに助けを求めるとか、そういうのが苦手だったようで。うちで働いていたのは、半年ちょっとかな。夏前には辞めました。

その後、アルバイト数名からも順に話を聞いた。

蓮の一歳上の女性スタッフは、怖かった、と形容した。

――ぶっちゃけ、何考えてるかわかんないんですよね。気に障ったらすぐキレそう。変にガタイいいから余計怖かったです。なんか、ヤンキーなのか陰キャなのかわかんなかった。ぱっと見は顔も整ってるけど、暗いしぼそぼそ話すし。いつかヤバいことやりそう、ってうちらも話してて、案の定、みたいな。

スタッフのリーダー的立場にいる二十歳の男性は、より辛辣《しんらつ》だった。

――別に驚きはしなかったです。河原のホームレス殴るとか、いかにもあいつがやりそうなことだから。仮に目撃者がいなくても、蓮が捕まってたと思います。だって俺の周りで、他にそんなことやりそうなやついないですよ。どうせあいつがやった。そうなるに決まってるんで。

他のスタッフも、概《おおむ》ね同じような印象を蓮に抱いていた。怖くて、陰気で、何をするかわからないやつ。

「俺、嫌われてたから。知ってんだよ、全部。ふざけんなよ」

面会室で殺気を放つ蓮に、オボロは「一つ教えてもらってもいいかな」と言った。刃のような視線を正面から受け止める。

「古川亮悟《ふるかわりようご》さんとは仲がいいのかな」

その名が出た瞬間、蓮の瞳が左右に泳いだ。開かれた唇が小刻みに痙攣《けいれん》している。

「誰それ」

「中学の同級生だった、亮悟さん。アルバイト先に来たことがあるだろう」

亮悟の存在は、ある同僚のコメントから知った。

――一度だけ、斎藤の友達が来たのを見ました。全然タイプが違って。ぬぼっとした感じの、眼鏡かけた地味なやつで。少しだけ話してすぐにどっか行きましたけど。ああ、でも、斎藤も暗かったから、似た者同士と言えばそうかも。

よく蓮と同じ時間帯にシフトに入っていたという少年が教えてくれた。警察に話さなかったのか確認すると、警察なんか俺らのところに来てないっすよ、という答えだった。

――名前も覚えてます。リョウゴって呼んでました。しばらく噂になりましたから。あいつにも友達いたんだ、って。

「中学校に問い合わせて、ようやく誰のことかわかったよ」

蓮と同じ学年で、リョウゴという名の生徒は一人だけだった。自宅の住所は未開示だが、事務職員との会話から、蓮の自宅とは駅を挟んで逆側――河川敷にほど近い場所であることはつかんでいた。

「勘違いだろ。そいつ、学校にいたけどほとんど話してない」

「今度、彼にも話を聞かせてもらおうと思う」

蓮は無言だった。ただ、見開かれた両目は一層鋭さを増している。

きっと彼なりに葛藤しているのだろう。怒れば怒るほど、逆説的に関係があることを暗示してしまう。沈黙を選んだのはいいが、視線には本心が滲み出る。切なくなるほど隠し事が下手だった。

やはり、この事件には古川亮悟が関係している可能性が高い。そうでなければ、知らないふりをする必要もないはずだ。

「警察では単独犯だと証言したらしいね」

肯定も否定もせず、蓮は黙ってオボロを睨んでいた。

「本当にあなた一人でやったのかな」

返事はない。

「何か隠しているなら話してほしい。警察に知られるより、自分で話したほうがいい。前にも言った通りぼくはあなたの味方だ。現に今、こうして……」

オボロの語りは、デスクの脚を蹴る音で遮られた。蓮は口元を歪め、全身から憎悪を放射していた。小細工を弄《ろう》するのは諦めたらしい。

「亮悟には、何も訊くな」

放たれる殺気と裏腹に、その声には哀願の響きがあった。

「あんた、俺の味方だって言ったよな？」

「そうだ」とオボロは即答する。ここで迷いを見せてはいけない。

「味方なら俺の頼み、聞いてくれ。亮悟のところには行くな。頼むから」

蓮は両の拳を膝の上で固く握りしめている。こちらが強圧的な態度に出れば、すぐにでも拳が飛んできそうだ。オボロの手が、鑑別所の職員から渡されたブザーに伸びかけた。だが堪《こら》える。怯《おび》えていると悟られたくない。

「確かに、ぼくはあなたの味方だと言った。でも、言いなりになるという意味じゃない」

「味方とか言っても、結局口だけなんだろ」

「ぼくはあなたのパートナーだ。斎藤蓮の将来が少しでもいい方向へ向かうなら、なんだってする。たとえあなたが嫌がることでも」

オボロが話し終えるより先に、拳がデスクの天板を叩いた。どん、と鈍い音が響く。頑丈な天板はびくともしない。むしろ、殴った蓮のほうが傷ついているようだった。興奮のせいか目の縁が赤い。

「頼むから」

今にも泣きだしそうな蓮は、喉の奥から声を絞りだしていた。

「放っといてくれ。俺のことも、亮悟のことも」

オボロの胸に形にならない痛みが走った。これまで出会ってきた子どもたちもそうだった。彼ら彼女らの多くは、大人たちと信頼関係を結んだ経験がない。そういう子どもたちはこう考える。

子どものことは子どもが一番わかっている。だから構わないでくれ。子どもの領土を踏み荒らさないでくれ。

――けど、それはできない。

放置した先に待っている未来が明るいとは思えない。

ならば、大人が取るべき行動は一つだ。


目的の家は、事件の河川敷から山の手へ数分歩いた場所にあった。広い庭を備えた戸建てが並んでおり、幅の広い道路ですれ違った女性は毛並みの良い犬を散歩させていた。駅の逆側にある下町とは雰囲気が違う。

古川亮悟の自宅は、南向きの二階建てだった。邸宅の外壁は白く塗りこめられ、ガレージには二台の車が停まっている。

門に据えられたインターホンを押すと、アプローチの先にある玄関扉が開いた。

顔を覗《のぞ》かせた女性が軽く会釈する。

「弁護士のオボロです。今日はよろしくお願いします」

慇懃《いんぎん》に挨拶をしたが、彼女の顔に張りついた不審は消えなかった。

出迎えたのは亮悟の母であった。案内されるまま邸内に足を踏み入れる。スリッパに履き替えたオボロは応接間に通された。ソファに座ると、間を置かずにアイスティーの注がれたグラスが差し出される。

「呼んで参りますので、お待ちください」

母親が階段を上る足音が聞こえる。じきに現れたのは、肌が白く、線の細い少年だった。ポロシャツの胸元には有名ブランドのロゴが入っている。セルフレームの眼鏡が重いせいか、しきりに指先で押し上げていた。

応接間に入ってすぐ、立ち止まった少年がぎこちない動作で頭を下げた。

「古川亮悟です」

語尾が震えている。手で触れそうなほどの怯えが伝わってきた。

亮悟はオボロの向かいに座った。すぐさまその隣に座ろうとした母親を、オボロが「あの」と制止した。

「すみませんが、亮悟さんと二人にしてもらえませんか」

そう言うと、母親はあからさまに眉をひそめた。ここまで保っていた上品さが、わずかに失われた。

「亮悟は未成年です。保護者の同席は認めていただけるかと」

「ええ。ですが、今日は亮悟さんの本音が聞きたいんです。親御さん同席では、お子さんの本音が引き出せないことが多い。古川さんだからということではなく、一般論として。短時間で結構ですから、二人きりにしてもらえませんか」

　母親は腕を組み、口をとがらせた。納得できないらしい。不満を表明すれば、周囲が思い通りになるとでも言わんばかりの態度だ。

「不安はわかりますが、息子さんを信じて……」

「本音かどうか、どうやって判断するんですか」

「……というと？」

「先生が都合のいいように誘導するかもしれないでしょう。それは本音と言えますか」

　吐き出しかけたため息を呑み込む。こんなことに労力を費やしている場合ではない。当の亮悟は、顔一杯に怯えを浮かべて事態を見守っている。

「でしたら、せめて聞くだけにしてもらえませんか。亮悟さんの後ろで」

　それが最大限の譲歩だった。母親はまだ不服そうだったが、胸元で光るバッジの威力か、ぶつくさ言いながらもオボロの指示に従った。隣室から運んできた丸椅子を、亮悟の斜め後ろに置いて腰かける。

「ご協力ありがとうございます」

礼を言っても、母親は憤慨した面持ちのままだった。

十全とは言えないが、舞台は整った。改めて名刺を差し出す。

「オボロといいます。斎藤蓮さんの付添人を務めています」

話に入る前に、相手の態度をよく観察してみる。亮悟はオボロの顔と名刺を交互に見ていた。どこに視点を据えるべきか、悩んでいるようだった。肩には力が入り、緊張していると一目でわかる。

右手の小指側が黒くなっていた。それが何を意味するか、オボロにはわかる。

「熱心に勉強しているのかな」

指摘すると、亮悟は「いや、そんな」と曖昧な返事をした。

司法試験を受けるにあたっては、オボロもずいぶん勉強した。論文式試験のため、ルーズリーフに何百枚も文章を書いたものだ。熱心に書き物をすると、右利きの人間なら右手の小指側が自然と黒くなる。シャープペンシルや鉛筆で書いた文字に、手が擦れるせいだ。

「大学受験の勉強？」

「……そうですね。三年になったら受験なんで」

「塾とか行ってるの」

「駅前の予備校に」

「週に何回くらい？」

「先生。その質問は、本題と関係あるんですか」

母親が口を挟んできた。まるで証人尋問に割り込んでくる検察官のようである。聞くだけ、という約束は早くも破られた。雑談から入って雰囲気をほぐしたかったが、母親の監視下ではそれすらままならない。

正面から尋ねるしかない。オボロは居住まいを正した。

「今日はね、蓮さんの生活態度について聞かせてほしいんです」

緩みかけた亮悟の口元が、引き結ばれる。顔がさらに白くなったように見えた。

「蓮さんは中学校の同級生ですよね。仲はよかったですか」

「いや、そんな。面識はありましたけど、友達ではなかったです」

話しながら、亮悟はしきりに斜め後ろの様子を窺《うかが》っている。母親の耳を気にしているのは明らかだ。

「中学を卒業してからは会ってなかった？」

「たぶん会ってないと思います」

「蓮さんがどこでアルバイトをしていたか、知っていますか」

「わかりません」

知らないふりで通すつもりだ。予想はしていた。

「しかし、蓮さんが働いていたガソリンスタンドに、亮悟さんが会いに来たという証言があります。本当は知っていたんですよね？」

亮悟の唇が紫に染まる。顔色は白を通り越し、青みがかっていた。少年相手に引っかけるような質問をするのは気後れがしたが、手段を選ぶ余裕はない。母親の監視下だろうと、亮悟には真実を話してもらわなければならない。

「鑑別所の蓮さんは、あなたのことを知っている様子でした。しかし具体的なことは一切話してくれない。固く口を閉ざしています。もしかしたら、その理由に心当たりがあるんじゃないですか」

視線で母親を牽制《けんせい》しながら、オボロは前のめりになる。

「もうすぐ、家庭裁判所は判断を下します。率直に言って、このままでは検察官送致される可能性が高い。刑事事件として裁かれるということです。少年刑務所への収容もあり得る。しかし保護観察に留まれば、戻ってくる可能性がある。それを示すには、彼がどんな人間か立証しなければならない。亮悟さん。彼の素行を知っているのは、あなただけなんです。話してくれませんか」

紫色の唇が震えた。

「……人違いだと思います」

——そんなわけないだろう。

あくまで白を切るつもりらしい。背後の母親は、無言でオボロに敵意を伝えている。その気配を彼も感じているのか。この少年はこれまでずっと、母親の意向を察しながら生きてきたのかもしれない。

「蓮さんはあなたのことを、亮悟、と呼んでいました。親しくなければ、そんな風には呼びません。お願いですから話してください」

亮悟は口を開きかけていた。金魚のように、口を開いては閉じる。オボロは根気強く待った。だが、沈黙は意外な形で破られた。

「もういいでしょう」

耐えかねた母親が再び介入してきた。

「本人が知らないと言っているんですから、無意味です」

「お言葉ですが、知らないとは思えません」

「息子が嘘をついているというんですか」

「記憶違いということもあるかもしれない。任せてくれませんか」

母親は首を横に振る。駄々をこねる幼児のような仕草だった。

「お引き取りください。だいたい、元同級生が暴行したからといって、息子に聞き取りのような真似をするのが不快です。そんな事件、関係ないですから。無用に動揺させないでください」

「不安なのは承知ですが……」

「まだやるというなら、こちらも弁護士を立てます」

亮悟は開きかけた口を固く閉じている。この場ではもう話さないと決めているようだ。無理にその口をこじ開けようとしても、母親の反発を食らうだけだろう。

「わかりました。今日はお暇《いとま》します」

万が一、この場で弁護士を呼ばれれば面倒だ。ただでさえ時間がないのに、余計な対応に時間を割かれたくはない。残された付添人活動の期間は十日ばかり。審判期日は目前に迫っている。

亮悟は応接室のソファに座ったまま、置物のように固まっている。だが、オボロが部屋を出る直前、亮悟が名刺を手に取ってポケットに入れるのが見えた。

玄関で靴を履こうとすると、母親が靴ベラを差し出した。オボロは礼を言って受け取る。

「亮悟さんが何か思い出したら、いつでもいいのでご連絡ください」

「……お話しできることはないので」

母親は最後まで憤然《ふんぜん》とした表情を崩さなかったが、それは不安の裏返しであるようにも見えた。彼女にとっては、息子と暴行事件をつなぐ線などあってはならないのだ。

蓮の母親と、亮悟の母親はある意味で似ていた。一方は子を教育することを諦め、一方は子を意のままに支配したがる。二人とも、子どもと向き合うことを放棄しているという点では同じだった。

蓮と亮悟が親しい間柄だったとすれば、それは孤独が同調した結果なのかもしれない。

古びたエレベーターがのろのろと上昇する。いつもなら階段を使うが、今日は疲れた。四人乗りの小さい箱で、オボロは自分の肩を揉む。指先に固い張りを感じた。肩凝りは年々ひどくなる一方だ。

今日は古川家を訪ねた後、鑑別所で蓮と三度目の面会を行った。亮悟との面会を伝えると苛立ちを露わにしたが、何も聞き出せなかったことを打ち明けると、一転して安堵したようだった。

蓮は感情の変化が手に取るようにわかる。しかし亮悟はそれほど素直ではない。青ざめた顔の裏にどんな本心を隠しているのか、オボロにはまだ見当がつかない。

エレベーターの扉が開くと、すぐ目の前に法律事務所のドアが出現する。オボロは数歩進んでドアを開けた。居酒屋が並ぶ裏通りに面した、雑居ビルの三階。そこがオボロの本拠地だった。

「おかえりなさい」

事務所には事務員の女性だけが残っていた。他の弁護士は不在である。

「皆、外出中？」

「そのようです。私ももうすぐ帰ります」

窓の外は黒く塗られ、対面のビルの照明が点々と輝いている。オボロはこれから、もう少し仕事を片付けていくつもりだ。

常備のカップ麺に湯を注いでいると、帰り支度をしている事務員から「頑張りすぎですよ」と声をかけられた。オボロはいつもの微笑で応じる。

「家庭もないし、仕事しかやることないから」

謙遜ではなくそれが本音だった。両親とは縁を切り、きょうだいも、親類もいない。結婚もしていないし、子もいない。オボロを必要としてくれるのは仕事だけだ。かつては違った。母親が、父親が、自分を求めた。

――上手じゃないか。

――次もうまくやってくれよ。

母親の声が蘇るたび、頭が痛む。それでも昔に比べればましになった。かつては思い出すたび猛烈な頭痛に襲われ、何も考えられなくなった。目を閉じ、記憶を遠ざけることに集中する。そうすると、じきに痛みが引いていく。

気づけば事務所で一人になっていた。湯を注いだまま放置していたカップ麺をすすりこむ。水分を含んで膨張した麺は味がしなかった。

残務を片付けていたオボロのスマートフォンが鳴ったのは、午後八時過ぎであった。登録されていない番号だが、迷わず出る。仕事柄いつ誰から、重要な電話がかかってきてもおかしくない。

「オボロです」

相手はしばらく沈黙を守っていた。たまにかかってくるイタズラ電話の類と判断し、通話を切ろうとした間際、何事かをつぶやいたのが聞こえた。

「何か、言いましたか」

「……古川です」

かろうじて聞き取れた。か細い声は、応接間で聞いた少年の声と同じだ。オボロは聴覚に全神経を集中する。

「亮悟さん？　名刺の番号にかけてくれたんだね」

「教えてほしいことがあって」

亮悟の声は震えていた。オボロはできるだけ穏やかに応じる。

「何でもいいよ。他の人には言わないから」

「あの……斎藤くんが刑務所に入らずに済むためには、どうすればいいんですか」

オボロは前のめりになった。亮悟が協力する姿勢を見せている。

「そうだな。まずは、蓮さんがどういう経緯で犯行に及んだかを立証することが大事だね。普段の人となりなんかがわかると、蓮さんの思考を追うことができる」

「具体的には何をすればいいんですか」

「亮悟さんが、蓮さんの普段の生活ぶりを証言してくれると助かる。昼にも聞いたけれど、本当は友人関係なんだろう？　亮悟さんしか知らない、蓮さんの性格や癖があるはずだと思うんだ。それを教えてくれないか」

勢いこんで話したが、電話の向こうから返ってくるのは無言の答えだった。

「……亮悟さん？」

聞こえているのか不安になるほど長い沈黙の後で、ようやく相手は口を開いた。

「そうすれば、斎藤くんは刑務所に行かずに済むんですか」

「それは……難しい質問だね。これをすればいい、という基準はないけど」

試験問題ではないのだから正解はない。審判が下るその時まで、処分がどうなるかは誰にもわからない。だが亮悟はオボロの答えに納得できないのか、ううん、とうめいて再び口をつぐんでしまった。

「ぼくからも質問していいかな？」

え、と亮悟はつぶやいた。自分が何か問われるとは想像していなかったらしい。

「蓮さんが働くガソリンスタンドに行ったのは、何のためだったのかな」

その話は、オボロのなかでずっと引っかかっていた。蓮と亮悟が中学卒業後も関係を維持していたとして、わざわざ勤務先を訪問する必要はないはずだ。亮悟はアルバイト中の友人を茶化すような少年にも見えない。

「あ、あ、えっと……」

電話の向こうの声はあからさまに動揺していた。昼間に話した時はガソリンスタンドを訪問したこと自体を否定していたのに。やはり、蓮と亮悟が友人関係にあるのは間違いなさそうだ。

「隠していることがあるなら、教えてほしい。蓮さんのために」

オボロは応接間で見た青白い顔を思い出しながら、少年に呼びかけた。

前触れなく、通話は切れた。

オボロは静かにスマートフォンを耳から離す。追い詰めすぎただろうか。だが、こちらからはかけ直さなかった。それが余計にプレッシャーを与えることになるだろうと想像がついたからだ。

しかし、とてつもなく重要なヒントを逃したのではないかという思いは、しばらくの間消えなかった。


翌日も仕事は夜までかかった。

オボロは常に複数の案件を抱えている。その日は鑑別所に行き、少年が通っていた中学校へ足を運び、保護者との面会のため住宅街を訪れた。日中に動けば、書類仕事は後回しになる。処理しきれない案件は夜に対応するしかなかった。

事務所のデスクで、オボロは視界が霞《かす》むのを感じた。

――さすがに疲れたな。

ノートパソコンのディスプレイから視線を外し、目頭を揉む。

すると瞼《まぶた》の裏に、七歳の頃の自分が浮かびあがってきた。

――来たな。

疲労が溜まってくると、必ずと言っていいほど過去の自分がやってくる。

幼い顔をした三十年前の自分を、オボロはなぜか鮮明に覚えていた。七歳の朧太一は、声を発さず、悲しげな表情でこちらを見ている。ただそれだけだ。責めることも褒めることもない。

オボロはしばし、か弱い少年を見つめる。燃え尽きそうになるたび、過去の自分が無言で問いかけてくる。お前は何のために弁護士になったんだ。何のために少年事件をやっているんだ。それらの問いを噛みしめているうちに、腹の底から使命感のようなものがふつふつと湧いてくる。

目を見開き、背筋を伸ばす。今夜はあと少しだけ頑張ることにした。

仕事を再開した直後にスマートフォンが鳴った。昨夜の光景を再上映しているようだ。違うのは、表示された番号に見覚えがある点だった。それが古川亮悟の電話番号だということは、すでに知っている。

「オボロですが。亮悟さん？」

前夜と同じように沈黙が流れた。

しかしよく聞けば、すすり泣く声がする。嗚咽《おえつ》が、風の吹く音にかき消される。どうやら屋外にいるらしい。

「もう……駄目です……助けてください」

消えそうな声は、紛れもなく亮悟のものだった。明らかに普通の状況ではない。

「落ち着いて。どうしたの。今、どこにいる？」

「駄目なんです……蓮はやってないんです」

オボロは耳を疑った。

蓮はやってない。

スマートフォンを耳にあてたまま、思わず立ち上がった。全身の血液が激しく巡っている。

「なんて言った？　詳しく教えて」

「これから、死にます」

冷水を浴びせられたように、体温が急速に下がる。このままでは通話を切られる。亮悟は秘密を抱えたまま死のうとしている。

「待て！　待ってくれ」

「ごめんなさい……本当にごめんなさい」

「蓮に言えよ！」

とっさに叫んでいた。打算も裏もない、心からの叫びだった。

すすり泣きはまだ聞こえている。通話は続いているのだ。オボロは沈黙を埋めるように言葉をつないだ。

「誰が本当の犯人か、知っているんだよな？　だったら謝罪する相手はぼくじゃない。斎藤蓮だ。彼に謝るまでは死なないでくれ」

亮悟は助けを求めて、オボロに手を伸ばした。そうでなければ誰にも伝えずに死ぬことを選んでいたかもしれない。この電話は、亮悟とこの世をつなぐ最後の糸だ。

オボロは唾を飛ばして語りかけた。

「悪いと思うなら、まずはその相手に謝って、償う。すべてはそこからだ。もちろん辛いと思う。でも、あなたを支える人はいる。味方がいる」

亮悟につながる糸を懸命にたぐりよせる。切れるな、と祈りながら。

「そんな人、いません」

「ここにいる。信じてくれ。ぼくにはあなたの気持ちがわかる」

「わかるはずがない。もう駄目なんです、取り返しがつかないんです」

「……聞いてくれ」

オボロはほんの一瞬、息を止めた。

「ぼくは十四歳で逮捕された」

気づいたらそう口にしていた。

オボロは姿の見えない少年へ、一心不乱に語りかけた。


七歳より前の記憶は残っていない。

後になって知ったことだが、父はオボロが生まれてすぐに窃盗で逮捕されていた。それが初犯で、執行猶予の期間中は大人しく過ごしていたらしい。その間、母は生家にオボロを預け、育児にはほとんど関わらなかったという。幼児期、実質的に育てくれたのは祖父母であった。

――お父さんとお母さん、いないの？

どこかから家庭の事情を聞いた小学校の同級生が、そう尋ねてきたことがあった。うん、いないと答えるしかなかった。自分の家はそういうものなのだと諦めていたし、祖父母にも質問を許さない気配があった。

オボロが七歳になってすぐ、両親が揃って迎えに来た。居間で祖父母と四人、話し合っている姿を覗き見た。

――これからはちゃんと育てるから。

母は祖父母の手を取り、目に涙を浮かべて懇願《こんがん》していた。父は後悔を滲ませるように、苦渋に満ちた表情でうつむいている。祖父母は困ったように顔を見合わせていたが、その時点ですでに結論は出ているようなものだった。

話し合いの翌月から、オボロは両親と三人で暮らしはじめた。

父母が思い出したように息子を引き取った理由は、定かでない。だがオボロ自身は、最初から犯罪の手先として利用することが目的だったと確信している。手がからない年齢になるのを待っていたのだ。あの涙も悔恨の表情も、芝居に違いない。

平屋のアパートは一年を通して湿気《しけ》ていて、部屋の温《ぬく》い空気が肌にまとわりついた。転校先の小学校ではなじめず、友達と呼べる存在はいなかった。家に帰っても両親はたいていい不在で、最初から合鍵を持たされた。

家庭の主導権を握っているのは母だった。母はおよそ家事育児に興味が持てない人間で、料理や掃除をする姿を見た覚えはなかった。そのせいで、家のなかはカビと埃にまみれていた。洗濯だけはかろうじてやったが、それとて、じきにオボロの役目になった。しょっちゅう家を空けては、得体の知れない会合に出ているようだった。

父は気が弱く、家でも影が薄かった。パチンコを打つことだけが生きがいのような男で、初犯の窃盗も、消費者金融の借金返済が原因だった。たまに悪酔いをした時だけは妙に気が大きくなり、母と怒鳴り合った。その後は必ずと言っていいほど、腹いせにオボロが殴られた。

たまに買い与えられるパンやおにぎり、そして学校の給食を頼りに、ひもじい思いをしながらも生き延びた。貧しいのは辛い。

それでも実の両親との生活は嬉しかった。父や母と暮らせるから、我慢できた。

三か月ほど経った夏、初めての仕事に連れていかれた。

蒸し暑い夜。珍しく両親が揃っていた。浮き立った気分で眠る準備をしていたオボロは、母から起きているよう命じられた。

——あと少ししたら、出かけるから。

家族で、それも夜に外出することにオボロは興奮した。

外に出ると、どこからか借りてきたワンボックスカーが停まっていた。父がハンドルを握り、母とオボロが後部座席に腰かけた。少年の胸は期待ではちきれそうだった。

——ちょっと、あんたに仕事を手伝ってほしい。

道すがら、母が前方を見たまま言った。

ワンボックスが停まったのは、何の変哲もない住宅街の一角だった。

——この先に青い屋根の、三階建ての家がある。玄関から裏庭に回って、窓の鍵が開いているか確かめてくるんだ。大丈夫、今夜は誰もいないはずだから。おかしいと思ったらすぐに戻ってこい。わかったか？

母の指示に、オボロは目を白黒させた。それではまるで……。

——泥棒みたい。

——いいから。行かないと捨てるよ。

捨てる、という脅しは母の口癖だった。父は他人事のように運転席でじっとしている。この状況で反抗できる少年が、この世に何人いるだろう。

静かに車を降りたオボロは、足音を潜めて目当ての家に侵入した。照明は消えているが、油断はできない。心臓の高鳴りを聞きながら、裏庭に面した窓を一つずつ動かしてみる。高い位置にある小窓が動いた瞬間、声が漏れそうになった。

——一つ、開いてた。

車に戻って報告すると、入れ替わりに、今度は父が出て行った。母と二人きり、無言で待つ。十分ほどで戻ってきた父はショルダーバッグをふくらませ、上気した顔をバックミラーに映した。

――うまくいった。

父が車を発進させて自宅へと向かう。何が起こったのか、オボロはうっすらと理解していた。自分は人に言えないことをしたのだ。その時、母の手がオボロの頭を撫でた。

――上手じゃないか。

振り向くと、母は暗い車内ではっきりと笑った。

――次もうまくやってくれよ。

それから七年間、オボロは両親の仕事を手伝い続けた。拒む権利はない。捨てられないため、オボロは必死で指示をこなした。

最初は施錠の確認だけだったが、次第に室内への侵入、金品の捜索を要求されるようになった。小学校を卒業する頃、父は単なる送迎役となり、オボロが実行役の大半を担うようになった。下調べと標的選びは母の役目だ。各々の役割が明確になったことで、仕事はより滑らかに回った。

見つかってくれ、と思いながら、オボロは顔も知らない住民の持ち物を盗み続けた。皮肉なことに、回を重ねるごとに手際はよくなっていった。

十四歳のあの日。いつものようにキャッシュカードや通帳を盗み出し、両親が待つワンボックスカーへ戻っている最中だった。

車の周囲にやたらと人がいる。出発する時にはいなかったセダンが、前後を挟むように二台停まっていた。辺りを見回している男たちの一人と目が合った。

反射的に、オボロは踵《きびす》を返して駆けだした。だが無駄だった。すぐに男たちが追い付き、前方に回り込んだ。

――太一くんだね。

男は息も切らさずに問う。

――ご両親はもう、警察車両に乗っている。きみも来てほしい。

私服警察官のひと言にオボロは観念した。父と母がいないなら、逃げても意味がない。これは両親のためにやったことなのだから。

持ち物が盗品だと特定されるまでもなく、オボロは罪を認めた。

これも後になってわかったことだが、母は当初、否認していたらしい。自分たちは子どもを夜遊びに連れて行っただけで、盗みを働いているなんて思いもしなかった、という言い分だった。そんなでたらめな言い訳が通るはずもなく、家宅捜索でいくつもの盗品が発見されたことで嘘は見破られた。

オボロに下った審判は少年院送致。それから二年弱を少年院で過ごした。

記憶のなかの両親の顔は次第に薄れ、今では思い出すこともできない。

＊

面会室に現れた蓮は、さらに憔悴《しょうすい》していた。

鑑別所での待遇は留置場よりましであることが多い。時間によってはテレビ視聴が許可され、菓子類の購入もできる。そのため勾留中より生き生きとする少年もいるが、蓮の場合は逆だった。緊張の糸が切れたせいで、底なしの不安へと落ちてしまったのではないか。オボロはそう予想していた。

「蓮さん。よく聞いてほしい」

呼びかけにも反応しない。蓮はだらしない格好でパイプ椅子に腰かけ、天井の辺りをぼんやり見ていた。

「あなたの観護措置……要するに鑑別所にいる期間は、四週間の予定だった。けれど、これは延びる可能性が高い。これから裁判官との打ち合わせがある。正式にはそこで決まるけれど、たぶん延長することになる」

特別更新と呼ばれる制度である。いったんは裁判官から却下された進行協議も、改めて行うことになった。

怒るかと思ったが、蓮はゆっくりと顔を向けただけだった。

「なんで？」

当然の疑問だ。オボロは下腹に力を込める。

「昨日、古川亮悟さんが自白した。警察署にはぼくが付き添った」

見る間に蓮の表情が変わった。額に血管が浮き上がる。

「暴行事件の真犯人は自分で、斎藤蓮さんは証拠隠滅に関わっただけ、無実だと証言した。証拠もある。金槌の柄を拭ったハンカチは、彼が所持していた。亮悟さんのハンカチだったんだな」

言い終わるより先に、蓮が飛びかかってきた。デスクから身を乗り出してオボロの胸倉をつかむ。その拍子に、軽い鞭打ち症のようになった。オボロは痛みに顔をしかめる。それでもブザーには手を伸ばさなかった。

「あいつに言わせただろ！」

「彼自身の意思だ」

電話をかけてきたあの夜、亮悟は事件現場の河川敷にいた。川への飛び込みを考えていたらしい。間一髪だった。

河川敷に駆けつけたオボロは、財布に入れている新聞記事の切り抜きを亮悟に見せた。スマートフォンのライトに照らされた記事を、彼は食い入るように見つめていた。

日付は二十年以上前。見出しにはこう記されている。

〈一家三人で連続空き巣　実行役は十四歳少年〉

——この少年がぼくだ。

亮悟が顔を上げた。泣き腫《は》らした目は真っ赤に充血している。小さなライトの光でも、その顔の青さは明白だった。オボロは頬を上げ、目を細めて、笑みをつくった。

——それでもまだ、生きている。

震える指で、亮悟は切り抜きを返した。浅い呼吸の音が夜の河川敷に響く。

——俺がやったんです。蓮は、手伝ってくれた。それだけです。

再び泣きはじめた亮悟の肩にオボロは手を置いた。嗚咽のたび、手のひらに震えが伝わってくる。そこには安堵と恐怖が入り混じっていた。

——あなたは立ち直れるから。前歴のあるぼくが保証する。

その夜は自宅へ帰し、オボロの立ち会いのもと亮悟の口から両親に経緯を説明した。腹を決めたのか、語り口は別人のように落ち着いていた。

……蓮と話すようになったのは、中学二年の時だった。

俺の友達、見たことある？　誰か一人でも、顔知ってる？　知らないよね。連れてきたことなんかないもんね。学校や塾に知り合いはいるよ。でも、友達は蓮だけだ。

俺も蓮も、友達を作るのが苦手だった。教室でも浮いてた。

何がきっかけってわけでもないけど、班分けとか、余り者同士で組まされることが何回か続いたんだよ、確か。俺も蓮も、とりあえず一人で黙ってると気まずいから、気を紛らわせる相手が欲しかった。だから、同じ趣味があったとか、そういうことじゃないと思う。趣味とか全然違ったし。

でも、波長は合ったっていうか。一緒にいると楽だった。

教室でちょこちょこ話して、外でも遊ぶようになった。別に変なことしてないよ。映画見たりとか、ファミレス行ったりとか。

でも、蓮の家さ、あんまりお金ないから全然小遣いなくて。俺はまぁ、結構もらってるでしょ？　でも別に使うあてもないから。だから服とかアクセサリーとか、代わりに買ってた。散髪代出したこともあったな。

最初は遠慮してたよ。でも、拒否はしなかった。俺がお金使うと、ありがとう、って言ってくれるのが嬉しかったから、どんどん使ったよ。別にいいでしょ？　俺の小遣いなんだから、俺の好きなように使ったって。友達のために金を払うのがそんなに駄目？

……まぁいいや。

高校上がってからも、頻度は減ったけどつながってはいたよ。かったるいからって、あいつが一年の二学期に中退したって聞いた時、羨ましかったなぁ。

うちの高校、授業の進度速いんだよ。宿題もやたら多いし。塾も週六日あるし。正直やってられないよね。ストレスなんてもんじゃないよ。大学落ちたらどうしようって、そればっかり。夢にも出てくる。俺も高校辞めたかったよ。あ、捕まったらどうせ退学かな。

……知らなかったってさ、そりゃそうだよ。高校辞めさせてくれって言ったら、辞めさせてくれたの？　そんなわけないよね。皆辛いんだ、皆頑張ってるんだ、って言うんでしょ、どうせ。いつもそうだもんね。

だから、俺も俺なりのストレス解消法を探したの。

昔から、あの河川敷にホームレスいるでしょう。何人か。定期的に立ち退きやってるけど、またどこからか集まってくる。毎日塾の行き帰りにあのホームレス見てさ、なんか、無性にムカついてきたんだよね。

だって、こんなに努力している俺が不幸せで、努力していない人が自由に生きているなんておかしいよ。河原に住んでいる人は頑張らないから、ああなったんでしょう。だったら、その分の報いを受けても仕方ないよね。

最初は河川敷に並ぶ小屋に、石を投げてみた。そしたら悲鳴とか、怒鳴り声が聞こえてくるの。ダッシュで逃げてると、めちゃくちゃ爽快感がこみ上げてくる。病みつきになったね。動物には絶対に石なんか投げないけど、なぜだか、ホームレスが相手だとできちゃうんだよね。

石だとつまらないから、花火や爆竹を投げたこともある。でもやっぱり、刺激は刺激でしか上塗りできないっていうか。

放火しようかなとも思った。いや、やってないよ。でも計画はした。蓮が働いてるガソリンスタンドに灯油を買いに行ったけど、ポリタンクを持参しないと買えないんだね。それ知らなくて、買えなかった。帰りながら、放火は延焼でおおごとになりかねないからやばいなと思って、やめた。この程度のことで、人生棒に振りたくないし。

半年以上、そんなことやってたかな。ばれない自信はあったんだけど。

でも先月、初めて家主に捕まった。花火を投げ入れた後に振り返ると、ボロを着た汚いおっさんが立ってたんだよね。初めてあんな悲鳴あげたな。

――この辺で騒ぎ起こしとったのは、お前か。来い。

垢《あか》まみれの顔で言われるから怖かった。素直に従ったよ。ベニヤ板や角材で建てられた小屋で、思っていたより広かった。押し入れみたいな空間に工具が散らばってて、自分で家の改修をしている最中だったみたい。笑っちゃうよね。日曜大工じゃないんだから。

床に正座したら、名前とか家の電話番号とか聞かれた。ぶっちゃけ、怖かった。全部、質問されるまま、正直に答えちゃった。

――警察に連絡してやるよ。話はそれからだ。

おっさんに言われて、やばい、と思った。通報、補導、停学。目の前が真っ暗になった。これまで自分を殺して努力してきたのに、この一瞬で人生を台無しにされる。こんな、努力とは無縁の人間のせいで。

おっさんが携帯を操作するためにうつむいた瞬間、工具のなかから金槌をつかみとって、つむじのあたりめがけて振り下ろした。夢中だった。うめきながら、おっさんはうつぶせで倒れた。怖かったからもう一、二回、その後頭部を殴りつけた。気絶じゃ足りない。もう素性は言っちゃった。意識を取り戻せば、こいつは絶対に通報する。

気がついたら、泣いてた。おっさんは動かなくなったのにまだ怖かった。泣きながら蓮に電話をかけてた。

——助けて。今すぐ河川敷に来て。

蓮はすぐに駆けつけてくれた。でも、蓮も動かないおっさんを見て言葉を失ってた。

——どうすればいい？

他に頼れる相手はいない。蓮より深い友達はいないし、親なんてもってのほかだ。

——友達だろ。今までいっぱい、奢ったよな。助けてくれよ。

一瞬、蓮が冷たい視線を向けた。見捨てられるかもしれないと思ったけど、蓮はすぐに落ち着きを取り戻してくれた。

——とりあえず、金槌の柄を拭け。指紋が残ってるだろ。

指示された通りにハンカチで拭こうとしたけど、手が震えた。蓮がじれったそうに横からハンカチを奪って、金槌の柄を拭ってくれた。

――とにかく大人しくしてろ。人目につかないように帰れ。

――ねえ。俺がやったって、誰にも言わないでよ。絶対に言わないでよ。

――わかった。約束は守る。

早く暗い場所に行きたかった。光が怖くて、街灯を避けて家に帰った。その夜は一睡もできなかった。

何日かして、ニュースで蓮が逮捕されたって聞いた。河川敷へ来る途中、誰かに顔を見られていたって。現場に向かっていただけで、蓮は犯人だと決めつけられたんだよ。もっと驚いたのは、蓮が犯行を認めていることだった。

俺が、誰にも言わないでくれと頼んだせいだ。

でも自分が捕まった時まで黙っていると思わなかった。本当だよ。

それからほとんど眠れなくなった。夢でも、蓮が俺を責める。どうしてお前のせいで俺が？　鑑別所にいるべきはお前だろ？　そうだよ。その通りだ。あいつは何にも悪くない。俺の巻き添えを食らって、誤解で捕まっただけだ。

すぐに自首すべきだって思ったよ。あいつしか友達いないんだから。その友達に罪着せて、嬉しいはずないだろ。

……でも怖かった。黙っていたら、もしかしたら元通りの生活を送れるかもしれない。蓮が俺の代わりに罪をかぶってくれれば、俺は普通に高校に通って、大学に通って、就職できるかもしれない。そう思うと踏ん切りがつかなかった。

そうだよ。怖かった。怖かっただけなんだよ……。

オボロの胸倉をつかんでいた蓮の手が、するりと離れる。そのまま蓮はデスクに突っ伏した。オボロは乱れたシャツを直そうともせず、「蓮さん」と呼ぶ。

「よく律儀に約束を守ったね。普通、黙っててくれと頼まれても、さすがに自分が逮捕されたら言ってしまいそうなものだけれど」

亮悟の話を聞いてからずっと、そこが気になっていた。蓮は弱みでも握られていたのか。あるいは、大金でもつかまされたのか。

「……したかった」

突っ伏したまま、蓮がぼそぼそと何事かを言った。

「え？」

「証明したかった。俺と亮悟が、金だけでつながった関係じゃないって」

かろうじて聞き取れた言葉は、オボロの視界にかかった靄《もや》を晴らした。

蓮は感情が表に出やすい。彼が考えていることなど、手に取るようにわかると思っていた。それに、付添人として子どもの考えていることならだいたい理解できるとも思っていた。甘いのはオボロのほうだった。

——悪かった。

胸のうちで、勝手な思い込みを謝罪する。

「あと」

蓮は上体を起こした。

「最初から皆、決めつけてただろ。どうせあいつがやった、って」

オボロの脳裏を、いくつかの顔がよぎる。ガソリンスタンドのスタッフたち。元同級生。蓮を取り巻く人々は、彼が逮捕されたことに何ら違和感を抱いていなかった。それどころか、罪を犯すのが当然であるかのような話しぶりだった。

蓮が罪を認めたのは、きっと友情のためだけではない。

どうせあいつがやった。その一言が、少年を鑑別所に追いやった。

オボロは咳払いをして、背筋を伸ばした。

「今日はご家族も面会に来ている」

蓮の家族と言えば、一人しかいない。少年の顔つきがこわばっていく。

「……今さら？」

「すべて話せるね」

返事はない。だが、今の蓮なら可能なはずだ。待合室では斎藤亜衣子が待っている。

オボロは職員に面会終了を伝えるため、席を立った。その横顔に受ける視線は、以前より柔らかく感じられた。

第二話

持ち物としてのわたし

「オボロ先生って、趣味あるんですか」

問いかけたのは、隣席で手作りの弁当を食べているパラリーガルの原田《はらだ》だった。つるりとした横顔には一本の髭も生えておらず、銀縁眼鏡のレンズは曇り一つなかった。

カップ麺をすすりこもうとしていた朧太一は、割り箸を止めて応じる。自分も若い頃はこんなに綺麗な肌だっただろうか、と思いながら。

「どうして?」

「休みの日とか、どうしてるのかなと思って。あ、変な意味じゃないですよ。こう言ったら変ですけど、先生のプライベートには興味ないんで」

どう受け止めればいいかわからず、「そうか」とだけ答える。

二人が黙ると事務所は静まりかえる。土曜とあって、他の弁護士やスタッフは出勤していない。オボロと原田は顧客対応のため休日出勤し、そのまま午後も残務を片付けていた。

この法律事務所に原田が入って二年。私大の法学部を卒業して、新卒でパラリーガルとして就職した。学生時代は別の事務所でアルバイトをしていたらしく、新卒にしては仕事の呑み込みが早かったのを覚えている。

清潔なスーツに身を包み、姿勢正しくおかずを口に運んでいる。着古したスーツにノーネクタイ、髭の剃り残しが目立つオボロより、よほど法曹関係者としてふさわしい出で立ちである。

「趣味……趣味ねえ。ないかもしれない」

「なんとなく、そう言うと思ってました」

発言の意図が読めない。オボロは黙って麺をすする。

オボロも弁護士として、中堅と呼べる程度には経験を積んできた。特に少年事件は専門分野だ。子どもたちと接する時には、過去のデータに裏打ちされた、自分なりのやり方に沿って進めることができる。

だが、若手パラリーガルとの接し方についてはデータの蓄積がない。どういう思考回路で、何を好み、何を嫌うのか予測できない。迷った時に余計なことは口にしない。それが唯一、信じられる会話術だった。

原田の弁当は彩り豊かだ。ブロッコリーの緑やミニトマトの赤が目にまぶしい。

「原田くん、それ自分で作ってるの？」

「ええ、もちろん。慣れれば十分で作れます」

オボロは改めて、自分の手元にあるカップ麺のスープに視線を落とした。褐色の水面から、伸びた麺と紙のように薄いチャーシューがのぞいている。

雑居ビル三階の事務所に重苦しい沈黙が居座った。気まずさに耐えかねた時、ふと会話の糸口を見つけた。

「あ。趣味、あった」

「えっ。なんですか」

「ラーメン。たまにおいしい店探して、食べに行くんだよね」

すぐさま、原田の視線がカップ麺のラベルに注がれる。有名店とコラボレーションした新商品だった。

——その味で満足しているくせに？

幻聴が聞こえた。左手でそっとラベルを隠し、残りの麺を一気に平らげる。

「ごちそうさまでした」

オボロは謎の敗北感と闘いながら、流しへと立った。

昔から雑談は苦手だ。子ども時代、同世代の友人がいた経験がないオボロには、雑談というものがそもそも何を指すのか、それすらよくわからない。子どもたちと接しているうち、雑談らしき会話は多少できるようになったが、苦手意識は今でも払拭できていない。

デスクワークに没頭するオボロが着信を受けたのは、午後二時前だった。スマートフォンのディスプレイには〈子どもの人権１１０番〉と表示されている。いじめや虐待、育児放棄、学校トラブルなど、子どもの人権に関するあらゆる相談を受け付ける専用窓口だ。

弁護士会で子どもの権利委員会に属するオボロは、週替わりで受付窓口を担当している。今週はオボロの担当週だった。

「はい。子どもの人権１１０番です」

「あ、あの……助けてほしいんです」

少女の声は小刻みに震えている。走っているのか息が荒い。

「どういった状況か、教えてもらえますか」

「家を出て、親から逃げてきました。助けてもらえますか」

動揺しているものの、発言は明晰《めいせき》だった。中学生か高校生くらいの年齢だろうか。

「どうして逃げてきたのですか」

「親に殴られるんです。もう無理です。帰れません」

オボロは手帳に素早くペンを走らせる。家庭内暴力。親。殴る。

「今、どこにいますか」

「とりあえず走ってます。家の近く」

「もう少し、詳しく教えてください」

「あの、駒井百花《こまいももか》です。高校一年です」

場所を訊いたつもりだったが、名前が返ってきた。コマイモモカ、高一、と素早く書き取る。

「家には帰れないんです。お願いします」

百花の口調は切羽詰まっている。だが相談者のペースに巻き込まれてはいけない。オボロはあえて落ち着いた口調で応じる。

「子どもシェルターというものがあります。入居可能か確認しますので、少し待ってもらえますか。電話番号をお願いします」

いくつかの確認を経て、いったん百花との通話を切る。そのままシェルター側弁護士の直通回線に電話をかけた。こちらも当番の弁護士に直接つながる。

「はい、里田《さとだ》です」

聞きなじみのある女性の声が返ってきた。安堵を覚える。里田は、オボロが駆け出しの頃から世話になっている先輩の一人だった。彼女もまた弁護士会で子どもの権利委員会に所属している。

「里田先生。オボロです」

「あら、ご無沙汰。入居打診ですよね。早速ですけど、どんな状況?」

オボロは電話で聞き取った内容を正確に伝える。

相談電話を受けた弁護士は子ども担当弁護士、通称コタンとなる。コタンは悩みを抱える子どもに代わって、家族や関係者との折衝《せっしょう》、法的措置を検討する。百花のコタンとなったオボロは、彼女の代理人として交渉の矢面に立つことになる。

「では、通院服薬の状況は不明、と。悪いけど、確認してもらえますか」

それからオボロは百花に電話をかけ、並行して里田がシェルターに入居状況を確認する。折り返し、里田からかかってきた電話は「入居可」という返答だった。まずは百花と面接し、シェルター入居の意思確認をすることになった。

「とりあえず、駅まで来るよう伝えます。ぼくは二十分ほどで着きます」

再度百花に電話をかけ、入居面接を行う旨を伝えると、「はい」というか細い答えだった。大丈夫。弱ってはいるが、この少女は現状を客観的に理解し、自ら相談電話に連絡する行動力も持っている。きっと、よい方向へ進む。

通話を切り、慌ただしく外出の準備をしていると、書類仕事をしていた原田がオボロの名前を呼んだ。

「オボロ先生は、仕事中が一番生き生きしていますよ」

照れを押し隠して「ありがとう」と言うと、原田は微笑した。

「いってらっしゃい」

事務所を飛び出し、待ち合わせ場所のターミナル駅を目指す。その足取りにためらいはなかった。

土曜の駅周辺には人待ち顔の男女が数名、立っている。そのなかに見知ったスーツ姿の女性がいた。胸元でバッジが光っている。オボロはすかさず駆け寄った。

「里田先生」

「ああ、オボロさん。お疲れさま」

シェルター入居を希望する子どもとの面談には、シェルター側の代理人が同席する。今回であれば里田がその担当だ。

「場所は里田先生の事務所でいいですか。喫茶店もありますけど」

「近いから事務所にしましょう」

立ち話で打ち合わせをしながら、改札から吐き出されてくる乗客たちに視線を送る。助けを求める子どもが迷わないよう、油断なく注意する。

少女が現れたのは、約束の午後四時前だった。

改札を抜けた後、とぼとぼと歩きながら左右を見回している姿に、彼女が相談者だと直感した。里田も同じ思いだったらしく、どちらからともなく少女に近づいていく。威圧感を与えないよう、足音を立てたり、必要以上の速さで歩いたりはしない。できるだけ早く視界に入るよう、相手の目を見る。

歩み寄ってくる二人の大人に気づいた少女は、動きを止めた。顔を引きつらせ、石のように固まっている。年齢は十代なかば。タートルネックのニットにジーンズで、鞄の類は持っていない。ロングの髪を後ろで束ねていた。

はじめに里田が名乗り、オボロがそれに続いた。弁護士だと明かすと、こわばった表情がいくらか緩んだ。

「駒井百花さんですね」

オボロの問いかけに少女は頷く。

タクシーを捕まえて、三人で里田の事務所に移動した。オボロは百花と二人で後部座席に座ったが、到着するまでの間、彼女は一言も話さなかった。膝の上で握りしめた両手の白さに、決意の強さが滲んでいる。その右手の甲に、火傷の痕《あと》が残っていた。

事務所の会議室では、百花から見て里田は対面に、オボロは九〇度の位置で着席した。弁護士が二人とも対面に座ってしまうと、面接試験のようで子どもが萎縮《いしゅく》しかねない。事務員が運んでくれた冷たい緑茶を、オボロはすぐに飲んだ。弁護士が手をつけるまで、飲むのを我慢する子どももいるからだ。

「百花さん」

オボロが微笑を向けると、百花の口元が引き締められた。

「ぼくはあなたの味方です。これから百花さんにとって、思い出すのも辛いようなことを尋ねるかもしれません。立ち止まりながらでいいので、少しずつ、何があったのか教えてくれますか」

こういう時、誰にも言わない、などという約束はしない。虐待問題を解決するには、児童相談所やシェルターの職員、時には医療機関やケースワーカーの助けを必要とする。場合によっては、子どもの訴えを親に伝えることもある。皆の知恵を結集することが主眼であり、すべての訴えを秘密にしてはおけない。

「皆で一緒に考えていきましょう」

里田も穏やかに語りかける。

「ここは安全です。落ち着いて話してください」

百花はしばし、ぽかんと口を開いていた。数秒の間を置いて両目に涙が溜まっていく。あっさりと表面張力を超えた涙が頬を流れ、顎《あご》へと伝う。下唇を突き出し、瞼が固く閉じられ、喉の奥から嗚咽が漏れた。顔を覆う両手の隙間から水滴がこぼれる。

二人の弁護士は、少女が落ち着くのを待った。

彼女の気持ちを考えれば、泣きたくなるのも無理はない。おそらくは決死の覚悟で家庭内暴力から逃げてきたのだ。味方。安全。そういった言葉と縁の遠い生活を送ってきたに違いない。張りつめていた緊張感がぷつりと切れ、涙腺が緩むのは何ら不自然なことではなかった。

百花が泣きやむのを待って、オボロは切り出した。

「ゆっくりでいいので、ここに来た理由を話してくれますか」

「……わかりました」

初めてまともな答えが返ってきた。か細く、かすれた声で。

質問に答える格好で、百花は語りだした。言葉は途切れがちだが口調は確かである。言語能力は年齢相応か、やや高い。オボロは問いかけを挟み、相槌を打ちながら、百花の身の上話を手帳に書き取った。

駒井百花は十六歳、高校一年生。先ほど待ち合わせた駅から電車で一時間ほどの場所で、両親と三人で暮らしている。母の千鶴《ちづる》は百花が三歳の頃に離婚。以来、保険外交員として働きながら百花を育て、二年前に現夫の靖彦《やすひこ》と再婚した。靖彦は千鶴の七歳下で、三十代前半だという。

「今度は、手の甲の火傷について聞かせてもらえますか」

自然と、百花の視線が右手の甲に引き寄せられる。

「どういうことがあって、その火傷の痕がついたのかな」

「……」

とたんに百花の口が閉ざされた。虐待の事実に触れるのは勇気が要る。だが、自ら電話をかけてきた彼女なら、語ってくれるはずだと信じた。

「火傷はどこでしたんだろう」

「……」

やはり答えはない。自分のシナリオに乗せるような質問をしたくなるが、事実関係がわからない以上、できるだけ開かれた質問をするのが基本である。

「じゃあ、いつ火傷したのか、教えてくれるかな」

「……一年くらい前」

ようやく返答が得られた。すぐに質問を重ねたくなるが、堪えて間を空ける。尋問めいた圧迫感を与えてはいけない。

「それは事故かな。それとも、事故ではなかった？」

答えが返ってくるまで、根気強く待つ。大人が痺《しび》れを切らせば、子どもは話す気力を失う。やがて百花は泣き腫らした目を上げた。

「やられた。コンロの火で」

オボロは唾を飲む。被害者である子どもの口から、具体的な内容が明かされた。

「誰にやられたの？」

「……お父さん」

手帳の上で、父の名を丸で囲んだ。駒井靖彦。母親の再婚相手であり、百花の継《けい》父《ふ》である男。

「そうか、お父さんか」

「手首をつかまれて……無理やりコンロの上に手を置いて、火をつけて……熱いって言っても全然放してくれない……熱いし、痛いし」

虐待の様子を語りはじめた百花に、オボロは無言で相槌を打つ。本当はずっと誰かに話したかったのだろう。百花は蒼白《そうはく》な顔で、胸のうちに溜まったものを吐き出していく。

「見てくれますか」

百花はタートルネックの首元に指をかけた。引き下ろすと、少女の細い首に紐《ひも》のようなもので絞められた痕が刻まれていた。青黒い蛇が巻き付いているようにも見える。里田が眉をひそめた。

「それは、いつ？」

「ついこの間。先月。突き飛ばして逃げたけど、逃げるなって」

再び百花の目に涙が溜まりはじめる。当時の恐怖が蘇ったのかもしれない。

「その首の痕について、学校では何も言われなかった？」

「別に。見て見ぬふりって感じ」

首に絞め痕が残っている状況は、尋常とは言えない。教師や同級生の一部は、その異常さに気づいているはずだ。だが、単に気がつくことと、誰かのために動くこととの間には天と地ほどの差がある。その難しさもオボロは理解していた。

「平手で叩かれたり、何か言っても怒鳴り返されたり。もう無理です」

「お母さんはどう思っているのかな」

「……わかりません」

百花は力なく、うなだれた。

彼女が傷つき、憔悴しきっているのは明らかだ。オボロとしてはシェルター入居に異論はない。里田も同じ意見らしく、視線を交わすと小さく頷いた。

「百花さん。子どもシェルターって、知っていますか」

そこから先は里田が引き取った。入居説明と意思確認は里田の仕事だ。

「シェルターの場所は公表していません。ですから、入居している間はご家族やご友人が会いに来ることはありません。退去後も場所については誰にも言わないと約束してもらえますか」

「……はい」

「それから、入居中はいくつかのルールを守っていただきます。スマホなどの通信機器はお預かりします。自由な外出はできません。シェルターの外に出られるのは、必要がある時だけです。入居期間は最長で二か月」

二か月、という言葉に、百花の表情がわずかに陰った。短いと感じたのだろう。だが、入居期間は延ばせない。シェルターを必要とする子どもたちは大勢いる。それに、シェルターはあくまで一時的な避難場所に過ぎない。入居する時から、コタンは子どもが巣立つ日のために動き出す。

「百花さん。それでも、入居を希望しますか」

「お願いします」

迷いはない。家を出る時、すでに心は決まっていたのだろう。

その後、三人でタクシーに乗ってシェルターへと移動する。オボロは車中でスマートフォンを預かった。入居者のコタンを務めるのは三度目だ。

百花の面持ちは、再び緊張で張りつめていた。頭のなかではさまざまな疑問と不安が渦巻いているのだろう。どんなところか。誰がいるのか。自分はこれから、どうなっていくのか。

かつて、オボロも不安に押しつぶされそうになった。

十四歳の頃、家族ぐるみの空き巣で逮捕された。逮捕直後は、ようやく捕まった、という安堵感すらあった。だが警察や検察の取調べを受け、少年鑑別所に送られる車のなかで、これからたどる運命が見えなくなった。黒い靄《もや》のような不安は、どんなに暴れても振り払うことができなかった。

罪に問われたかつてのオボロと、虐待被害者の百花では、境遇がまったく違うことは百も承知である。それでも、子どもだという一点は共通していた。

子どもは非力だ。知識も、財力も、権力もない。自分の運命を自分で決めることすらできず、周囲の大人たちに任せるしかない。だから不安になる。

少女は唇を閉じ、窓の外を見ている。まだ心を開いているとは言えない。

後部座席でオボロは考える。百花の力になるには、どうすればいい。時間は限られている。

そのシェルターは、三階建てマンションの二階と三階に位置している。簡単な改装をしており、個室が数室と、スタッフ用の事務室、二、三名で使う面会室、大人数用の会議室が設置されている。外廊下は壁で囲われ、外からは内部が見えない。

二階の会議室に、一人の子どもと四人の大人が集まっていた。

テーブルの一隅には会議の主役である百花が、隣にはオボロが座る。今日の百花はタートルネックではなく、紫色のシャツを着ている。首の絞め痕はさらけ出されていた。

両側にシェルターのスタッフが二人いる。正面に座っている児童福祉司は、オボロと同年代の杉本《すぎもと》という女性だった。電話では幾度か話したが、顔を合わせるのは今日が初めてである。

子どもシェルターは、親権侵害、未成年者誘拐の誹《そし》りを受けないよう、細心の注意を払っている。そのために児童相談所（児相）との連携は必須だ。シェルターは必ず、入居する子どもが虐待を受けていることを児相に通告する。児相は一時保護を決定し、シェルターに一時保護を委託。このような仕組みを作り上げることで、子どもたちの円滑な保護を可能にしていた。

このことから、入居する子どもの今後を考える上では、シェルターやコタン弁護士だけでなく、児相の児童福祉司の意見も重要になる。

「ではケース会議、はじめましょうか。今日はキックオフということで」

ベテランのスタッフが司会を買って出た。

ケース会議では子どもの将来を話し合うが、出席者は大人だけではない。本人の意思を尊重するため、当人が出席し、意見を求められることが多い。

「念のため、コタンのオボロ先生から背景を共有いただけますか」

「承知しました」

オボロはいつもの微笑を浮かべながら、百花が避難した経緯を話した。すでに入居から五日が経っており、その間にもオボロは何度か事情を聞いている。

本人の訴えによれば、継父の駒井靖彦による暴力行為がはじまったのは二年前、母親の千鶴と再婚して同居をはじめた直後だという。帰りが少し遅くなる、頼まれた家事をやっていない、といった些細な理由で、頭を小突いたり、頬を叩いたりされた。リモコンや食器を投げつけられることもあった。千鶴にも止めるそぶりはないという。

中学生だった百花は我慢した。親に逆らえば高校に行けなくなるかもしれない。受験を前にして、暴力に耐えながら勉強した。彼女の限界を試すように、暴力行為はエスカレートした。受験直前の冬、手の甲をコンロの火であぶられた。受験を妨害するかのように。

それでも百花は、第一志望の公立高校に合格した。

すると今度は、学費は出さない、と靖彦が言い出した。さすがに千鶴が抵抗し、自分の稼ぎから出す、という約束で百花は志望校に通えることになった。

高校生になっても暴力は止まなかった。殴る叩くに加えて、言葉の暴力も度を増す。靖彦はもともと口汚い男だったが、顔を合わせるたび、ブス、落ちこぼれ、根性なし、などの暴言を吐くようになった。もはや理由などない。虫の居所が悪ければ、問答無用で手が飛んでくる。

痛みと屈辱に晒《さら》されながら、それでも百花は耐えるしかなかった。一人で暮らすような元手はないし、そもそも未成年に貸してくれる家などあるはずがない。逃げ出せば、苦労の末に入った高校も退学することになるかもしれない。

そんな時、子どもの人権110番の存在を知った。

番号をスマートフォンに登録し、どうしても耐えられないと思えば連絡しようと決めた。百花にとってはお守りの代わりだ。

そして先日、とうとうその時が来た。

百花と靖彦は、アパートの自宅に二人きりだった。自室でクラスメイトに借りたマンガを読んでいた百花は、突然入ってきた靖彦から蹴飛ばされた。自室に鍵はなく、入ろうと思えばいつでも入れるようになっていた。

――そんなもの読む暇あったら、外で働いて稼いでこい。

百花は答えず、丸くなって身を防いだ。口答えが無意味であることは経験上、肌で理解している。逃げようとしたが、靖彦がドアの前に仁王立ちになっているせいで部屋から脱出できない。

――黙ってないで何か言え。

呼気にアルコールの臭いが混ざっていた。昼間から酒を飲んでいるらしい。

――もう、やめて。

そう言うのが限界だった。靖彦が従うはずもなく、ゆったりとした足取りで近づいてくる。部屋の隅に追い詰められた百花は、決死の覚悟で脇の下をすり抜けようとした。足取りの覚束ない靖彦を突き飛ばし、自室を出た。だが玄関のドアノブを握った瞬間、肩をつかまれた。

――見ろ。

振り向くと、靖彦の手には包丁が握られていた。初めから隠し持っていたのか。刃先は百花の心臓に向けられている。顔が冷たくなり、背筋が凍った。

――子どもは親の持ち物なんだよ。

抵抗する気力は奪われた。その場で数発殴られ、気が済んだ靖彦はリビングへ引き返した。注意が逸れたのを確かめ、自室で財布とスマホを手に取った。スニーカーを履き、すぐさま家を出た。

全速力で逃げた。絶対に追い付かれないよう、一目散に走る。逃げるあてなどなかった。自宅から数キロ離れても、まだ油断はできない。小走りで移動しながら、子どもの人権110番に電話をかけた。

「……今の説明で間違いないですか」

オボロが水を向けると、百花は大きく頷いた。彼女の言語能力は印象通り高く、聞き取りで難航することはほとんどなかった。記憶力もよく、矛盾点もない。だが、それがかえって気になる。

百花は自分の状況を、冷静に理解しすぎているようにも思えた。

メモを取りながら聞いていた杉本が「よろしいですか」と発言した。

「医療機関との連携は？」

「昨日、受診しました。持病や服薬はありません。ですが、背中や太ももに痣《あざ》が多数あったそうです。虐待の痕だろう、という見立てでした」

杉本はそれが癖なのか、眼鏡のツルを触りながら眉根を寄せた。

「百花さん、質問してもいい？　お母さんとは今までどんな関係だったかな。仲がよかったとか、悪かったとか」

「……普通だと思います」

同じ質問はオボロもしていたが、母である千鶴との関係性は明確に語られていない。長年母子家庭で暮らしていれば、母親について言いたいことの一つや二つはありそうなものだが、「普通」「別に」と答えるだけだった。

「通学は続けたいですか」

これには「はい」と即答した。通学への強い意思はある。

「そうですね……コタンの先生として、お考えはありますか」

「ぼくからご両親と会話しようかと」

「学校や親族は？」

「学校は状況を把握していないようです。面識がある親族もいないそうです」

通学先にはオボロから連絡を入れた。担任の教師と会話したが、家庭での虐待はまったく認識していなかった。百花の意見通り、見て見ぬふりをしているのかもしれないが。しばらく学校を休むことを伝え、家庭事情は口外しないよう念を押した。

「ご両親とは別々に？」

「ええ。力関係の偏りがあるようですから」

百花の話が事実なら、家庭では継父が主導権を握っているはずだ。ただ、引っかかる点が一つある。昨日の診察後、オボロだけが医師から呼び出され、ある懸念を伝えられた。その懸念を確認するためにも、両親とは個別に面会する必要がある。

「ご両親にはまずぼくだけでお会いしようと思いますが、よろしいですか」

「そうですね、日程的に直近は厳しいので……」

手帳を広げた杉本は、上目遣いで言った。

「どうなるかわかりませんが、入所措置の下調べは児相でもしておくので」

児童福祉司は多忙である。特に近年は虐待通告の件数が増加傾向で、抱えるケースの数もふくれあがる一方だった。

親や学校との折衝を弁護士が担えば、負担は軽減される。コタンとしても、子どもの希望を叶えるためには主体的に動けるほうがやりやすい面もある。児童福祉司とコタンが助け合えば互いにメリットがあることを、杉本はよく理解していた。

いくつかの確認を済ませてから、オボロは改めて「百花さん」と呼びかけた。

「伝えたいことはありますか」

百花は首を横に振る。それが閉会の合図だった。

はじめに百花がスタッフに付き添われて部屋を出た。オボロはそれを見送り、続いて退室しようとするベテランのスタッフと杉本を呼び止めた。

「少しだけ、いいですか」


喫茶店には二組の先客がいたが、駒井千鶴と思しき人物はいない。待ち合わせの午後六時より十五分早く到着したオボロは、閑散とした店内を見回し、窓際の席を選んだ。木製の椅子に腰かけ、ホットコーヒーを注文する。

何度か使ったことのある喫茶店だった。テーブル間の距離は十分に取られており、いつ来ても空いている。店としてはもっと繁盛してほしいかもしれないが、人に聞かれたくない話をするには好都合だ。

面会場所に喫茶店を選んだのには理由がある。千鶴の家で会えば、夫の靖彦も同席してしまうかもしれない。加えて、相手の自宅ではこちらのペースに乗せられない。事務所で会う手もあるが、この喫茶店のほうが千鶴の職場に近い。面会を拒否される理由は一つでも潰しておきたかった。

六時を数分過ぎた頃、大きなトートバッグを提げた女性が現れた。髪は短く切り揃え、念入りにメイクをしている。店員に声をかけ、きびきびとした足取りで近づいてきた。オボロは立ち上がり、会釈をした。

「弁護士の朧太一といいます」

「よろしくお願いします」

千鶴は緊張した面持ちで頭を下げた。立ったまま名刺を交換する。受け取った名刺には生命保険会社の社名と支店名、その横に〈田中《たなか》千鶴〉と氏名が記されていた。

「田中は旧姓です。仕事ではそちらを使っているので」

どちらからともなく腰を下ろす。百花の話では、千鶴は今年四十歳。オボロと同世代だ。椅子に座り、流れるようにバッグから手帳とペンを取り出す。一つひとつの所作に無駄がない。商談のような態度だった。

「あの、百花さんの子ども担当弁護士を務めていまして……」

「申し訳ございません」

話を切り出そうとしたオボロを遮るように、千鶴は深々と頭を下げた。額がテーブルにつきそうになる。呆気に取られるオボロに向かって、顔を上げた千鶴は語りだした。

「娘のことで皆さんのお手を煩わせてしまい、申し訳ありません」

「ああ、いえ。そこはお気になさらず」

「これは家庭の問題ですので。ここからは私が責任をもって対処いたします」

出てくる言葉は殊勝だが、どこか芝居じみている。こちらに意見する余裕を与えず、話の主導権を握りたがっているようにも見える。さりげなく、〈家庭の問題〉にすり替えているのも気にかかる。百花が外に助けを求めている以上、事は家庭内で解決すべきではない。

「あの、不安ではないですか」

つい、尋ねてしまった。

「はい？」

「ですから、百花さんが突然家を出たことに関して」

娘が家出をしてシェルターに匿《かくま》われているというのに、千鶴には動揺が感じられず、上辺の言葉ばかり重ねている。

「不安ですよ。不安に決まっています」

相手は不服そうに口をとがらせる。コーヒーを運んできた店員が去ってすぐ、オボロは直球の疑問を投げた。

「百花さんは、靖彦さんから暴力をふるわれていると話しています。事実ですか」

「お恥ずかしいですが、事実です」

千鶴は声のトーンを落とした。同じ質問は電話で話した際にもしている。

「夫はもともと気の弱い人で。でもお酒が入ったり、イライラするようなことがあると、手が出るんです。私を殴ることはないんですけど、娘はよく叩かれていて。本当は私が止めないといけないんですけど」

ビジネスライクな態度から一転、同情を誘う口調へと変わる。しかしそれすらも演技に思えてくる。

「靖彦さんは、なぜ百花さんに暴力をふるうんでしょう」

「さあ、私にはわかりませんが……ストレスの多い仕事ではあると思うんです。浮き沈みもありますし」

百花も継父の職業をはっきりとは知らなかった。昼過ぎに出て深夜に帰ってくることから、遅い時間に働く仕事だということしかわからない。

「あの、靖彦さんのご職業は？」

「……フリー雀荘の店長です」

わずかなためらいとともに、千鶴はそう言った。

「そのお仕事は長いんですか」

「もう五、六年やっているはずです。もともと雀荘のメンバーをやっていて」

靖彦の年齢は三十三歳。二十代なかばから雀荘で働いていることになる。

「本当、恥ずかしい仕事ですみません」

「恥ずかしい？」

うつむいた千鶴は本気で恥じ入っているようだった。だが、オボロからすれば恥に思う気持ちがわからない。

「まともな大人の仕事ではないですよね」

「そんなことはないと思いますが」

「いえ、そうなんです。早く辞めてほしいんですけど」

頑なな態度にまたも違和感を覚えた。百花から聞いた印象とは異なる。

ここまでの会話で、オボロにはある直感があった。「一つお聞きしたいんですが」

と前置きをして、まっすぐ目を見る。

「百花さんへの虐待は、靖彦さんとの同居前から行われているかもしれません」

一瞬、千鶴の目が泳いだ。初めて明確な動揺が表れた。

「どういう意味です」

「虐待する人物に心当たりはありませんか」

「それ、私が手を出したって意味ですか」

来た。思ったより早く本性が出た。

オボロの直感は、千鶴自身が虐待に関与していると告げていた。

「百花が、駒井にやられたと言っているんでしょう。だったらそれ以外に考えられないじゃないですか。撤回してください。名誉棄損です」

唾がテーブルに飛ぶ。激昂する千鶴の反応は、明らかに過剰だった。

「そこまで言っていません」

「言っているのと同じですよ。失礼な……そんな人が弁護士なんてやるべきじゃない」

千鶴の充血した目を見ているうち、直感は確信へと変わっていく。

決めつけ。偏見。誰にでもそういった要素はある。だが、それをあっさりと表に出してしまう態度には、未熟さが漂っていた。

「では、そういう人物に心当たりはないということですね？」

「ありません。何を、失礼な」

「医師の見立てでは、かなり前からの内出血痕があるそうです」

それが、例の懸念であった。

「二年以内につけられたものは少なく、むしろ経過年数の長い内出血の痕が多く見られるようで。つまり、靖彦さんと同居するより前に、別の誰かが虐待に関わっている可能性があるということです」

千鶴は顔を赤らめて言葉に詰まった。しまった、とオボロは思う。追い詰めてしまったか。逃げ場をなくしてしまえば、相手は逆上するかもしれない。冷静な話し合いができないと解決の糸口もつかめない。

「……私は悪くない」

それまでの作ったような声とはうってかわって、うなるような声音だった。

「お母さん、ちょっと」

「百花が言ってるんだから、私は悪くない」

一度もペンを走らせないまま、千鶴は手帳をトートバッグに押し込んだ。やはり格好だけだったらしい。憤然と席を立ち、座ったままのオボロを見下ろす。

「弁護士だかなんだか知らないけどうちの事情ですから、口を出す権利はありません。百花の居場所を教えてください。今すぐ帰します」

「シェルターの場所は言えません」

「なんでよ」

押し殺した声で言う。

「通報します。誘拐ですよ」

「百花さんはご自分の意思で入居しました。書面もあります」

「子どもに意思なんかあるわけないでしょう」

トートバッグを肩にかけた千鶴は答えを待たず、大股で出入口へと去っていく。残されたのは殺伐とした空気の残り香と、口のつけられていないコーヒーだけだった。静かになった店内で、オボロはまだ対面の空席を見つめていた。

——子どもは親の持ち物なんだよ。

頭のなかでは、そのひと言が千鶴の声で再生されていた。

事務所のデスクで作業中、原田がオボロを呼んだ。

「お客様、会議室に案内しました」

「すぐ行きます」

オボロは頰を軽く叩いた。これから会うのは、駒井百花の件に関するもう一人のキーパーソンだ。

会議室で待っていたのは、三十代と思しき貧相な男だった。頭頂部の髪が薄くなっている。ダンガリーシャツのくたびれ具合はオボロのスーツといい勝負で、全身に濃い煙草の臭いが染みついていた。

男はオボロの姿を認めると、ソファからさっと腰を上げた。思いつめた表情をしている。

「ええと、この度は、お手数をおかけして」

「大丈夫です、そのままで」

口ごもる男に座るよう勧める。名刺を手渡すと、「私、持ってなくて」と頭を掻いた。

「あの、駒井靖彦です。よろしくお願いします」

「早い時間からお越しいただいて恐縮です」

「こっちこそ、仕事明けのボロボロの格好ですみません」

壁の掛け時計は午前九時を指している。靖彦は店長を務める雀荘で明け方まで働き、店で仮眠をとってから、直接ここに来たのだという。脂っぽい顔に徹夜明けの疲労が滲んでいた。

「経緯は電話でお話しした通りです。百花さんは、お父さんから暴力をふるわれたと言っていますが事実ですか」

単刀直入に切り込むと、靖彦が肩をこわばらせた。

「……百花がそう言うのなら、そうなんでしょう」

わずかな苛立ちが浮かんで、すぐに消えた。しきりに膝の辺りを掻きむしっている。

「相違する部分があるんですか」

「いや。相違はありませんが」

「百花さんに危害を加えたことに関しては、認めるということですね」

「別に、危害とか……そういうつもりでは」

回答は一向に的を射ない。

「意図はしていないけれど、手は出した？」

とうとう靖彦は沈黙した。真実を話しているようには見えない。オボロは身体の痣についても話したが、反応は薄かった。

「先日、千鶴さんとお会いしました」

そう告げると、にわかに靖彦の顔が険しくなった。おや、と思う。千鶴はオボロと会ったことを、靖彦に伝えていないのだろうか。口裏合わせはしていないということだ。ここを突っこめば、本音が引き出せるかもしれない。

千鶴と会ったことで、オボロの見立ては変わっていた。夫婦関係は夫に主導権があると思っていたが、逆の可能性もある。

「古い痣のことは、千鶴さんもご存じないようでした。私は悪くない、と」

「……他に何か言っていましたか」

「子どもに意思なんかあるわけない。そう仰っていました」

靖彦はさらに膝を掻く。やがて、はぁ、と長いため息を吐《つ》いた。空気が抜け、くたびれた身体がさらに萎《しぼ》んでいく。爽やかな朝の気配とは対照的に、靖彦のまとった空気は徐々に淀んでいく。

「ごめんなさい」

突然、靖彦が頭を下げた。

「どうしました」

「百花を叩いていたのは、私じゃありません」

膝を掻いていた手が止まった。握りしめた拳の形がどこか百花と似ている。

「暴力はふるっていない、と？」

「手は出していません。ただ、止めなかったという意味では私も同罪です」

「では、百花さんを虐待していた人物はどなたですか」

逡巡《しゅんじゅん》の後、靖彦は伏し目がちに「妻です」と言った。

「なるほど」

この発言が正しいとすれば、百花は嘘をついていることになる。彼女は靖彦に暴力をふるわれ、千鶴は傍観していたと言ったが、逆だったということだ。手を出したのは千鶴で、それを見ていたのが靖彦。継父と同居する以前から千鶴の虐待を受けていたとするなら、二年以上前の傷痕も説明がつく。

しかし、まだ靖彦の発言を信じるに足る根拠はない。靖彦が嘘をついているかもしれない。あるいは、全員が嘘をついている可能性も。

「千鶴さんによる虐待は、いつからですか」

「さあ……結婚より前だと思います」

「気づいたのはいつ？」

「同居をはじめてすぐでした。言葉がきついんですよね。もともと口は悪いんですが、百花への発言は比じゃないというか。グズ、黙れ、とか。結婚前、外で会った時はそんな感じじゃなかったんですけど」

「言葉だけですか」

「いや、ちょっとしたことで叩いたりしていました。あと、物を投げるんです。食器とか。床に落ちて、ぱーん、と割れるんですよ。破片を百花が片付けたりして。その百花に向かって、いい歳なんだから働いて家に金入れろ、と言うんです。中学生ですよ。とんでもない人と結婚した、と思いました。正直」

靖彦の話しぶりには躊躇《ちゅうちょ》がなくなっていた。

「高校受験の前はどうでしたか」

「受験……ああ、はいはい。色々ありました。妻は百花が高校に行くのを嫌がってましたね。その時期、家に帰ってくると台所で百花が泣いていたことがあって。手をコンロで焼かれた、と言うんです。見ると、手の甲に火傷の痕が残っている。血の気が引きました。勉強できないように、そんな真似をしたんだと思います」

「学費はどうされているんです」

「一応……私が出しています。余裕はないですが、百花が高校に合格してから、妻が学費を出さないと言い出したので。さすがに見かねて、だったら私が出そうかと」

　これも、百花の話と逆だ。

「通帳のコピーを準備してもらえますか」

　学費を振り込んだ記録があれば、発言を裏付ける証拠になる。靖彦は「構いませんけど」と応じた。

「千鶴さんは日頃から、子どもは親の持ち物だ、と言っていますか？」

「たまに。本気でそう思っているみたいです」

　靖彦の態度は傍観者に徹している。学費の件以外、妻を止めようとした形跡もない。家族の話だというのにまるで他人事だ。

「そこまで状況を知っていても、通報しようとは思いませんでしたか」

靖彦は急に黙り込んだ。その点が、彼にとっても負い目なのだろう。

「……すみません」

「いえ、謝ってほしいわけではないんです。通報する意思はあったんですか」

「ありました。児童相談所の虐待対応ダイヤルも覚えています。189。何度もかけようとしました。でも」

沈黙が続いたが、オボロは待った。やがて靖彦が口を開く。

「こっちは実の父ではないですから。外から来た人間が、血のつながった母と娘を引き裂くのは悪いことだと思いました」

「二人への遠慮から、傍観していたと」

「百花には、本当に申し訳ないことをしました」

靖彦はうつむいたまま、床に向かってつぶやいた。

謝罪の気持ちはわかる。だが、すでにすべてが終わってしまったと考えているなら、それは間違いだ。

「むしろ、これからが正念場です」

オボロは声に一層力を込めた。

「靖彦さんには、父として百花さんを保護することも、夫として千鶴さんを支えることもできます。これまでのことより、今からどうするかが大事なんです。申し訳ないと思ってらっしゃるなら、力になってもらえますか」

　ようやく靖彦が顔を上げた。許しを請うようにオボロを見ている。その目には、拭いようのない劣等感が混ざっていた。

「私には、力も金もありません」

「力と金だけが方法ではないんです」

　オボロは微笑した。作り笑いではなく、心からの表情だった。


　シェルターの面会室は、マンションの二階にある。五畳半の縦長の洋室で、元は子ども部屋か書斎だったのかもしれない。中央にローテーブルがあり、座布団が置かれていた。オボロは片方の座布団に座ってあぐらをかく。

「少しは落ち着いたかな」

　対面にいる百花は、小さく頷いた。今日で入居して一週間になる。首の絞め痕がほんの少し薄くなっていた。

「普通に寝られるのが、嬉しいです」

「家では眠れなかった？」

「夜中に叩いて起こされたり、水をかけられたりするんです」

　百花は最後に「お父さんに」と付け足した。

「お父さんは夜の仕事だけど、夜中に起こされるんだ？」

「……仕事がない日の話です」

手の爪を弾きながら、百花は言う。

担当する子どもが皆すんなり会話に応じてくれるとは限らない。オボロの経験上、百花はよく話してくれるほうだ。頭の回転も速く言語能力も高い。だが、頭がいい子ほど、その嘘を認めさせるのにも工夫がいる。

「ご両親と会ったよ。別々にね」

百花の右手が絞め痕へと伸びた。おそらく無意識だろう。

「……何て言ってました」

「真逆の内容だったね。お母さんはお父さんがやったと言って、お父さんはお母さんがやったと言っている」

「お父さんが嘘をついているんです」

「でも、高校の学費はお父さんから出ているね」

靖彦から郵送された通帳のコピーは、すでに確認している。

「知りません。お母さんがお金を渡していると思います」

やはり一筋縄ではいかない。家族間の虐待はたいてい密室で行われるため、客観的な証拠を得るのは難しい。真実を知るには、関係者の証言を突き詰めるしかない。

ただし、オボロはすでに事実の一端をつかんでいる。靖彦から提供されたのは、通帳のコピーだけではなかった。

昨日、オボロが名刺に記載しているアドレスに音声ファイル付きのメールが送られてきた。送り主は駒井靖彦。文面はたった一行だった。

〈お役に立てるようでしたら、使ってください〉

事務所でファイルを再生すると、突如、スピーカーから女性の怒号が流れた。

——なんで認めないの！

音声は割れていたが、駒井千鶴の声で間違いない。慌ててパソコンにイヤフォンのプラグを挿《さ》す。

——認めないよ。俺、やってないんだから。

応じる男性の声は靖彦のものだ。夫婦の会話が録音されているらしい。

——やったことにすればいいの。百花が言ってるんだから、誰も疑わない。

——でも、弁護士さんは勘ぐっていたぞ。

——ほっとけよ。あんなの、大した弁護士じゃない。子どもに弁護士がつくなんて生意気なんだよ。

——正直に言ったほうがいいんじゃないか。

靖彦が言い終わるより先に、どん、と鈍い音が鳴った。家具でも蹴ったのだろうか。

——だから、百花があんたがやったって言ってるんだから、あんたが認めればそれで終わりなんだよ。バカなの？　私がやりました、ごめんなさい、って言ってしおらしくしてれば、向こうも家に帰さないわけにいかないでしょ。それか、百花が帰ってこなくてもいいってこと？

——後でばれたら、そのほうがおおごとになる。

——ばれないよ。誰かが裏切らなければ。

音声ファイルにはまだ続きがあったが、そこから先はくぐもった物音や足音しか聞こえなかった。

靖彦が、録音した夫婦の会話を送ってきた意図は明らかだ。事実を知らしめて、自分に着せられた濡れ衣を晴らすため。この音声ファイルは、暴力をふるっていたのが千鶴だと明白に示している。

だが、これを百花に聞かせることはしない。徹底的に追い詰めるより、本人の意思で事実を語らせたかった。そうでなければ母親の呪縛からは逃れられない。自分の人生を選ばせなくてはならない。

「お母さんが離婚したのは、百花さんが何歳の時？」

わずかに考えるそぶりを見せてから「三歳」と答えた。

「別れたお父さんのことは覚えている？」

「全然」

「そうか。じゃあ十年以上、お母さんと二人で暮らしてきたんだね」

彼女は暴力に耐えられず、避難してきた。あの家から、母の呪縛から逃れたいという意思はあるはずだ。子どもは親の持ち物ではない。駒井百花という人間には意思がある。

「お母さんのことは尊敬している？」

「……はい」

「どうしてかな」

「どうして、って……一人で私を育ててくれたし」

そこから先は出なかった。育ててくれたことへの恩義はある。逆に言えば、その恩義に縛られて他の感情を持てないのかもしれない。

「ぼくは、両親のことを尊敬していない。ぼくの親は息子に盗みを働かせるような、最低の親だったからね。尊敬しろと言うほうが無理だ」

面食らったように、百花は目を見開いた。

オボロは少年期、家族ぐるみで空き巣を働き、逮捕された経緯を話した。緊張した面持ちで聞いていた百花は、話が終わると同時に息を吐いた。

「……よく弁護士になれましたね」

「少年院で済んだからね」

弁護士法第七条で、〈禁錮以上の刑に処せられた者〉は弁護士となる資格を有しないと定められている。オボロの場合は少年院送致であり、それには該当しない。

「繰り返すけど、ぼくは親のことを微塵《みじん》も尊敬していない。縁も切ったし、今どこでどうしているのかも知らない。生きているのか、死んでいるのかも」

「特殊ですよ、先生の親は」

口調には反発が込められていた。彼女はすでに、オボロが伝えたいことを察している。

「確かにうちの親は特殊かもしれない。けど、例外でもない。人と人なんだから、好きであるべきだ、という決まりはない。あなたは物じゃない。感情を持った人間なら、自分の意思があって当然だ。だから電話をくれた」

「もう、いいです」

百花の顔色は蒼白になっていた。

「帰ります。入居の希望は取り消します」

「また同じ生活に戻るだけだよ」

「別にいいです」

「ぼくはあなたの代理人だ。あなたの不利益になることは見過ごせない」

「私が決めることだろ！」

百花の感情が弾けた。青白い顔に血走った目。その表情は、喫茶店での千鶴を思い出させた。

「落ち着いて。電話した時のことを思い出して」

「嫌だ！　帰りたい！」

寝転がった百花は、幼児のように手足をばたつかせた。どん、どん、と床を叩く音が狭い室内に響く。先ほどまでの冷静さは消えていた。オボロは奥歯を噛む。自分の過去を話せば同調してもらえるという考えは、甘かった。

「帰りたいなら、引き止めることはできない」

このシェルターは本人の同意が肝だ。撤回すれば、無理に入居はさせられない。

「けど、二度目の入居ができるとは限らない」

「……なんで？」

オボロの言葉を聞いた百花はぴたりと動きを止めた。

荒れた波が凪《な》いだ。ここだ。

彼女には、辛くなればまたシェルターに来ればいい、という甘えがあるようだ。幼児退行もその甘えによるものかもしれない。だが実際、出戻りは現実的ではない。

「今回は空きがあったから入居できたけど、いつでも空いているわけじゃない。それに、来たり帰ったりを繰り返されると、ぼくらも立ち直るための計画を作れない」

百花は完全に動きを止め、黙って仰向けに寝そべっていた。無言で何かを考えている。ここぞとばかりにオボロはテーブルに半身を乗せ、百花の顔をのぞきこんだ。

「今、この瞬間が、あなたの人生を変えるチャンスだ。正直に話してほしい。何があったのか。あなたはどうしたいのか」

事実はわかっている。あとは百花自身が変わろうとするかどうか。通報した時から、答えは出ている。

「……そんなの、決まってるじゃないですか」

寝転んだまま、百花はオボロの顔を見た。

「だから逃げてきたの。もう殴られたくないから。殺されたくないから。私、お母さんのサンドバッグじゃない。でも、サンドバッグが逃げたら今度はお母さん、何に当たるの？　お父さん？　お酒？　お母さんが死んだら、私のせい？」

百花は上体を起こした。オボロは怯まず目を見返す。

「私だって、これからどうなるの？　親と離れて暮らすなんて普通じゃない。施設だって怖い。そこが駄目なら、私にはもう本当に行くところがない。１１０番をかけた先すら苦しかったら、今度こそどこにも逃げられない」

目の縁から涙が流れる。

「……どうしたいかなんて、わかんない」

次の瞬間、顔をくしゃりと歪《ゆが》めて泣き出した。

泣くのを見るのは二度目だ。出会った直後とは違い、廊下にまで聞こえるほどの泣き声を上げている。その声音には、長年溜め込んできた恨みと後悔が溶けていた。

焦りすぎたか、という悔いと、やっと言ってくれた、という安堵がオボロのなかで混在していた。静かに唾を飲む。

「普通じゃないのは怖いと思う。ぼくも怖かった。前歴持ちで、さんざん普通じゃないと言われた。差別もされた。ましてや前歴持ちが弁護士になるなんてまず聞かない。でも弁護士になっていなければ、普通に生きていたら、こうして百花さんと会うこともなかった」

百花はまだ泣いている。応答も頷きもないが、彼女が話を聞いていることはわかった。

「まずは、普通じゃないことを認めよう。そこからはじめよう。それから考えていけばいい。ぼくと一緒に」

泣き声は一層大きくなった。

伝えたいことは言った。あとは泣きやむのを待って、彼女の思いを聞くだけだ。母親の幻影を振り切るように、百花は泣き続けた。


レンタル会議室には誰もいなかった。十畳ほどの部屋にはテーブルやパイプ椅子、電話機など最低限の備品があるだけで、がらんとしている。オボロは受付で渡されたキーを机上に置いて、備品の配置を変えた。テーブルの一辺に椅子を一つ、その対面に椅子を二つ並べる。

さすがに喫茶店を使うのははばかられた。千鶴が前回のように取り乱す可能性は高いし、今回の話し合いはよりハードになるはずだった。密室のほうが互いに人の耳を気にせずに済む。

午前十時前にドアは開いた。はじめに千鶴が、続いて靖彦が入室する。どちらも陰鬱《いんうつ》な顔つきだった。並んで座った二人に、オボロはあえて微笑みかける。

「ご足労いただいて恐縮です」

夫妻からの返事はない。千鶴も靖彦も、こわばった顔でテーブルを見つめている。ペットボトルの緑茶を勧めたが、手にも取らない。オボロの手に汗が滲む。

「百花さん、ご自分の発言が嘘だったと言ってくれました」

切り出したオボロに、千鶴が上目遣いで視線を送る。

「嘘って、どの部分が？」

「暴力をふるっていたのは靖彦さんではなく、千鶴さんだと」

視線に込められていたわずかな期待は、あっけなく消え去った。千鶴の目の色が暗くなる。

「なんで……だってあの子、私は悪くないって、この人に殴られたって」

「すべて逆だと言っています。手を出したのは千鶴さんで、傍観していたのが靖彦さんだと。学費を出しているのもお父さんですね。口座を見ればわかりますよ」

千鶴は横目で夫を睨む。靖彦は固く口を閉ざしていた。

「無理やり言わせたんでしょう。弁護士のくせに」

「そんなことはしません。聞いてください」

「知ってるんですよ、こっちは」

オボロの声にかぶさるように、千鶴が叫んだ。

「あなた、犯罪者でしょう」

勝ち誇ったように千鶴が言う。オボロは顔から笑みが消えるのを感じた。

「十四歳の時に逮捕されて少年院まで行ってる。家族で空き巣やってたんですってね。そんな人間が、弁護士やる資格なんかあるの？　あなたのほうこそ、嘘ついてないって証拠でもあるの？」

オボロの前歴を知る手立てはいくらでもある。弁護士会では有名な話であったたし、担当した案件の関係者たちも知っている。保険外交員が人脈をたどって調べることは不可能ではないだろう。事件の詳細を知りたければ、新聞や週刊誌のデータベースで検索すればいい。名前以外はだいたいわかる。

オボロは非難が止むのを待った。浴びせられる罵声《ばせい》に黙って耐えた。傷つかないと言えば嘘だが、少年院退所後の経験からとうに痛みは麻痺《まひ》している。

「仰りたいことはわかります」

いったんは相手の発言を呑み込む。どんなに理不尽でも。

「罪を犯したことも、少年院に送致されたことも事実です。そういう人間が弁護士をやることへの違和感もあるでしょう。ですが、こちらが嘘をついている根拠にはならない。千鶴さんの信条と、ぼくの発言の真偽は別問題です」

しぶとく、淡々と事実を説く。これ以外の方法はない。親の意識はそう簡単に変わらない。

「百花さんは家に戻らず、児童養護施設に移ることを希望しています」

「許せません」

「許す、許さないではありません。これは百花さんの……」

「うるさい！」

テーブルを拳で叩いた千鶴は、鼻の頭に皺を寄せてオボロを睨む。

「あの子は未成年です。未熟なんです。親が判断するべきです」

「その未熟な思考につけいって支配したのは、千鶴さんではないですか」

「だからぁ！」

再びテーブルが殴られる。

「支配じゃないんですよ。指導！　あの子が正しく育つための！」

「正しく育つ、とは何でしょう」

返答に詰まった千鶴は、「はい？」と返すのが精一杯だった。

「子どもを殴る親自身は、正しく育っているのですか」

「そんなの屁理屈ですよ」

「なら、反対意見を屁理屈と一蹴する人は、正しく育っているのですか」

「黙れ！」

三度テーブルを叩いた妻に、「やめてくれ」と言ったのは靖彦だった。ささやくような声だったが、その言葉はひどく大きく響いた。

「百花が嘘をついたのは千鶴のためだろう」

「でもあの子、やっぱり違うって」

「そういうことなんだよ。決めたんだよ、俺たちから離れるって」

靖彦の声は裏返っていた。誰もが必死だ。

千鶴はまだ何か言おうとしていた。しかし口を開いても言葉は出ず、先に涙が溢れ出た。見開かれたままの両目から滴が落ち、テーブルを濡らした。歯を食いしばり、笛のようにひゅうひゅうと音を立てて息をする。

「……どうしろって言うんですか。放っておけってことですか」

「暴力がなくとも子育てはできます」

「わかったようなこと言わないで」

もうテーブルは殴らない。ただ、矢のような視線がオボロを射ている。しばらくの間、千鶴は黙っていた。覚悟を決めているようだった。

「……小さい頃の写真、一枚もないんです。撮る余裕がなかったから。生きるのに、育てるのに死に物狂いだったから」

鼻水をすすりあげ、ハンカチで口元を押さえる。

「保険の仕事やって、保育園に呼ばれたら迎えに行って、ぐずるあの子の服を替えて、ご飯を食べさせて、寝かしつけて。終わったと思ったら客先から電話が入って。会社に電話して、見積もりを出し終えたら子どもが泣き出して。気づいたら自分は食事を抜いていて。休みの日も子どもの相手をするのは私しかいなくて」

　語りだした千鶴は止まらない。

「あなた、小さい子どもを育てたことがありますか。一人では何にもできない、そのくせ自分勝手に動き回る。傍から見ているだけなら可愛らしいで済むけど、保護者は必死なんです。子どもが生きて遊んでいるのは、当たり前なんかじゃない。見えない場所で、誰かが死にたいくらいのストレスを抱えながら闘っているから、だから、子どもは生きていくことができるんです」

　オボロは沈黙した。子どもの権利を守るために活動してきた弁護士であっても、わかります、とは容易に言えない。

「子どもは二十四時間、三百六十五日、生きているんです。信じられますか。それは、親も常に親であるよう求められるってことなんですよ。一秒も休みなく。子どもはロボットみたいにスイッチを切れない。あの子の心臓が動いている限り、私も親であり続けないといけないんです」

　ようやく本音が聞けた。オボロは改めて問う。

「百花さんと暮らしたいという意思は変わりませんか」

「もちろん。私の子ですよ」

　そう即答してから、千鶴は付け加える。

「……でも、だからって、無条件にいつでも愛せるわけじゃない。そんなの、ちょっと考えたらわかるでしょう。夫婦だってきょうだいだって、四六時中仲良くはできない。それなのに親子だけが絶対の絆みたいに言われると、虫唾《むしず》が走るんです」

いつ頃から、千鶴が娘のことを持ち物だと思いはじめたのかはわからない。おそらくは目に見えないほどゆっくりと、千鶴の心は蝕まれていった。彼女は子どもを所有物だと思い込むことでかろうじて自我を保った。そして娘に暴言を吐き、手を出すようになった。

「返してください。百花を返して」

千鶴の語りはいつしか嗚咽に変わっていた。ハンカチを濡らす妻を、靖彦は憐れみのこもった目で見ている。

「お父さんの意見はどうですか」

問いかけに、靖彦は首を横に振った。

「百花の意思を尊重してください」

疲れきった表情で手を伸ばし、妻の目の前に手を置いた。

「千鶴」

名を呼ばれた女はハンカチを顔に押し当て、号泣している。

「もう、母親だけじゃないんだよ。百花には父親がいる。頼りない、情けない父親だってことは知っている。それでも百花の、千鶴の力になりたいと思っている」

返事はない。それでも靖彦は震え声で語る。

「俺も温かい家庭とか知らないし、絶対そうあるべきだとは思わない。そもそも、百花は許してくれないかもしれない。そうだとしても、千鶴は一人で向き合うわけじゃない。これからは一緒にやるから。だから……」

靖彦の右手に、千鶴の左手が重なった。彼女の目からこぼれ落ちた涙が、靖彦の肩を濡らした。

その姿を見て、ほんの少し胸が痛んだ。

――もしかしたら、ぼくも母の持ち物だったのだろうか。

オボロが両親と一緒に暮らしはじめたのは七歳の頃だった。それまでは祖父母が親代わりだったから、母は幼いオボロを育てたことがないはずだ。千鶴が味わったような苦しみを、母はスキップしてきたのか。ある程度手がかからなくなってから、親子の絆を餌にかすめ取り、手先として窃盗をさせたのか。

考えるほど、その卑劣さに虫唾が走る。

オボロはいつまでも、千鶴の泣き声を聞いていた。


シェルターの玄関口で待っていたオボロのもとに、足音が近づいてくる。

「お待たせしました」

駒井百花はリュックサックを背負い、紙袋を提げていた。首元の空いたカットソーを着ている。首の絞め痕はかすかに残っているが、遠目にはわからなくなった。

シェルター入居から七週間が経った。施設の受け入れ準備が整ったため、今日、期限の二か月より早く移る。シェルターのスタッフたちへの挨拶は済んだ。里田や杉本にも電話で感謝を伝えた。他校への転校手続きも大方済んでいる。今後の学費も靖彦が出すことになっていた。

あとはここを出るだけだ。

「行こうか」

オボロの後ろを、スニーカーを履いた百花がついてくる。施設まではオボロが同行することになっていた。大通りまで並んで歩き、タクシーを停めて二人で後部座席に乗った。電話をかけてきた日のことを思い出す。手の甲の火傷の痕はまだ消えていない。

「一年くらいあそこにいた気がする」

百花がつぶやいた。いつからか、敬語は使わなくなっている。二か月分伸びた髪の毛が揺れた。

「恋しいのか」

「ちょっとね。でも、ずっといる場所じゃないかな」

そう。あそこは子どもたちの避難所だ。避難することが日常になってはいけない。

「本当、今考えると不思議なんだけど。自分で逃げたくせに、お母さんのことは売っちゃいけないと思っていた。お母さんが好きだったとか、そういうことじゃないん

ない。
やはり頭のいい子だと思う。自分の心象をそこまで言葉にできる子どもはそうい
してまで、あの人をかばった理由が自分でもわからない」
だけど。ただ、母親に殴られたってどうしても言えなくて。お父さんのこと犯人に

「呪文が解けたんだな」

「呪文?」

「家族だから愛さないといけない、って呪文」

かつて言われるがまま窃盗をしていたオボロと、暴力に耐え続けていた百花は、根の部分で同じだ。家族だから協力しないといけない。家族だから耐えないといけない。自分でかけた呪文は、自分にしか解けない。

タクシーはターミナル駅に到着した。電車に乗り、施設の最寄り駅を目指す。オボロと百花は隣り合わせで座席についた。

「また、先生に連絡してもいい?」

「うん。ぼくはコタンだから」

「それ前から気になってたんだけど。コタンって何?」

「子ども担当弁護士のこと」

「ああ、なるほど……じゃあ大人になったら、担当じゃなくなるの」

百花はいたずらっぽく笑ったが、その目の奥にある不安がオボロには垣間見えた。

「……いや。元子どもも含む」

「それ、全員じゃん」

百花の大声に乗客たちが振り向いたが、電車が目的の駅に到着するまで、彼女は構わず笑い続けていた。

第三話

あなたは子どもで大人

少年鑑別所の面会室に、くしゃみが響いた。

朧太一はとっさに二の腕で口元を押さえ、飛沫を防ぐ。どうにか間に合った。ついでにポケットティッシュで洟《はな》をかむ。体調がすぐれないうえ、一月の面会室は底冷えする。空調の利きが悪く、どこからか冷気が入り込んでくるのだ。

「申し訳ない。風邪をひいてしまって」

数日前からくしゃみと鼻水が止まらない。身体は人一倍丈夫だと自負していたが、歳には勝てないようだ。三十代の後半に差し掛かってから、肩や腰の痛みが急に増し、疲れが取れにくくなった気がする。おまけに免疫力まで低下しているというのか。このところ、毎日のように深夜まで残業しているせいかもしれない。

――無理は禁物だな。

己に言い聞かせながら、正面に向き直る。

座っているのは十五歳の少女だった。ミディアムロングの髪を薄茶色に染めているが、化粧っ気のない顔立ちはまだ幼い。サイズが合っていないのか、ジャージの袖が手の甲まである。指先には剝げかけたネイルの跡が残っていた。

大川《おおかわ》ひなた。中学三年生。

深夜の路上で補導され、虞犯《ぐはん》少年として家庭裁判所へ送致された。

虞犯少年とは〈将来、罪を犯し、又は刑罰法令に触れる行為をする虞《おそれ》のある少年〉、つまり現時点では罪を犯していないが、将来的にそうなる可能性が危惧《きぐ》される少年を指す。少年と呼ばれているが女子も含まれる。

ひなたが補導されたのはこの一年で十回以上。いずれも深夜徘徊《はいかい》が理由で、ほとんどの場合、年上の男と一緒だったという。警察は、ひなたがＳＮＳ等で知り合った男たちに、金銭と引き換えにわいせつな行為を許していた可能性が高いとみていた。

罪を犯していないひなたが審判の対象になるのは、健全な育成を促して犯罪を防ぐという、福祉的な目的のためだ。成人の裁判ではまず見られない特徴である。

オボロの所属する弁護士会では、鑑別所へ送られた少年が一度は無料で弁護士と面会できるようにしている。オボロは当番弁護士としてここに来ていた。

「ひなたさん」

微笑を浮かべるオボロに、少女はぼんやりした顔を向けた。

「補導された時、警官に何を言ったか覚えていますか」

「え？　なんだっけ」

ひなたがあっけらかんと答える。今回家裁送致に至ったのは、これまでの補導経験だけが理由ではない。警察官に対して挑発的な発言をしたことも一因だった。

「できれば自分で思い出してもらえますか」

「うーん、羨ましいの？　みたいな感じかな。お金払ったら付き合ってあげるよ、とか言ったかも。すごい怒ってた」

自然とため息が出る。

「その時一緒にいた人は、その日初めて会った接客業の男性ですね」

「接客業ってか、ホストね。会うまで知らなかったけど。ああいうのって会社員だけじゃなくて、意外と水商売の男も捕まるんだよね。本業で女の人の機嫌ばっかり取ってるから、プライベートでは俺様でいたいのかな。相手が年いった女ばっかりだから、ロリコンになっちゃうのかもね」

ひなたの話しぶりは経験に裏打ちされている。常習犯とみてまず間違いない。しかも饒舌《じょうぜつ》だ。肝が据わっているのか、どうなってもいいと諦めているのか。

「SNSで知り合った男性とは、よく会っていたんですか」

「しょっちゅう。でもね、警察でも何回も言ったけど、ウリは本当にやってないから。私はね。ご飯食べて、カラオケとか買い物とかだけ。それでお小遣いくれるんだから。中学生って書いたら一発」

なぜか、ひなたの顔は得意げだった。

「泊まる場所を提供してもらったことは？」

「ないない。そんなの、ヤラせてくれ、って言われるに決まってるし。遊びに行くだけで、ホテルとかも拒否してた」

「じゃあ、どこに泊まっていたのかな」

補導される四日前、ひなたは家族と住む自宅から姿を消している。要するに家出だ。

「友達の家とか」

「友達というのは、どういう？」

学校の同級生とは思えない。四日泊めてくれる相手を探すのは一苦労だろう。ひなたの目が泳いだ。

「……誰の家に泊まったとか、関係ある？」

「もちろん。これから家庭裁判所の調査官が素行や背景を調べて、裁判官に情報をインプットします。こちらはこちらで、あなたの希望や言い分を伝えるための材料が必要です。誰に泊めてもらったかも重要になる」

ひなたはまだ首をひねっている。理解できないのか、言いたくないのか、両方か。

「わかりました。それはまた後で訊きます」

折れたのはオボロだった。他にも確認すべきことが山ほどある。

「えーっと、最初に補導されたのがおよそ一年前の二月。それから月に一度のペースで家出を繰り返し、そのたびに補導され、家に帰されている。間違いないかな」

無言で頷くひなたに、オボロは続ける。

「学校には通っている？」

「ぼちぼち」

つまらなそうな答えだったが、オボロにはやや意外だった。家裁送致される子どもは、学生でも不登校の場合が少なくない。

「どのくらいの頻度で」

「週に三日、四日とか。週五で行く時もある」

学校との関係はそこまで険悪ではないかもしれない。学校側への確認は必要だが、これは好材料になる。オボロの感触では、保護観察処分に持っていけそうだった。

「そういえば、そろそろ受験の時期だけど。進学は？」

「別に。普通に、卒業したらどこかでバイトでもしようと思ってた」

「受験の可能性はない？」

「ないでしょ。受験勉強してないし。あと、親が学費出してくれないかも」

裏を返せば、学力と経済面の条件さえ揃えば、本人の拒否感はないようにも聞こえる。高校進学は少年にとって有力な社会資源だ。受験のために観護措置取消しを申し立てることもできる。この件は後ほど、学校への問い合わせで確認することとした。

「確認だけど、ひなたさんは付添人を希望するということでいいのかな」

当番弁護士として駆けつけたオボロだが、すべての少年が付添人を望むわけではない。なかには、経済的な理由から頑なに拒否する子どももいる。そういう場合は扶助《ふじょ》制度について丁寧に説明する必要があった。

「うん。少年院行きたくないし」

ひなたのあっさりとした返答に安堵する。付添人を希望するという本人の意思は確認できた。ただ、彼女の言い分は気になる。

「改めて説明するけど、付添人は処分を軽くすることが目的じゃない。あなたの将来について一緒に考えて、よりよい生活が送れるように調整するのが目的です。その過程で、保護する必要はない、と家裁が判断すれば処分はおのずと軽い方向に行く。少年院に行くかどうかはあくまで結果なんだよ」

首をかしげるひなたは、そもそもオボロの話を聞いているか怪しい。ここは大事なところだ。もう少し説明を加えることにした。

「今までどうだったかということより、これからどうするか、が大事なんだ。安定した生活ができるようになれば、それなら大丈夫だと裁判官も思う。だからまずは、今の状況を色々と教えてほしい。いいかな」

「……まあ、いいけど」

小声で返ってきた。これ以上は突っこまない。まだ本題が残っている。

「次にご家族のことだけど」

途端にひなたが眉をひそめた。

「一緒に住んでいるのはご両親と、お姉さんだね」

返答はない。供述調書によれば、ひなたの父親は会社員、母親は主婦、三歳上の姉は高校生だという。

「家族で一番、会話するのは誰だろう」

「誰とも話さない」

「じゃあ、最後に話したのはいつかな」

「話すっていうか……向こうから一方的にがーっと言われることはある。家にいるといつも言われるから」

「それは、主に誰から？」

「おっさん」

聞き違いかと一瞬思ったが、ひなたは確かに、おっさん、と言った。

「……お父さんからよく言われるんだね」

「そう。うちはおっさんの帝国だから」

帝国。家庭環境には似つかわしくない言葉だった。

「今のはどういう意味だろう」

「家のことは全部、おっさんが決める。お母さんのパート先とか、お姉ちゃんの受験する大学とか。笑えるでしょ？」

実際に、ひなたは薄笑いを浮かべていた。強権的な父親らしい。

「しかも超口悪いし。お母さん、昔からよく怒られてる。なんでそんなことわからないんだ、とか。お姉ちゃんはお気に入りだからあんまり怒られないけど。私もバカ、落ちこぼれ、とか言われて。この間、インバイって言われて調べたら、売春婦みたいな意味だし。めちゃくちゃ。家出するのも当たり前っていうか」

また饒舌になってきた。父親への悪口はいくらでも話せそうだ。

「お父さんへの反論はしない？」

「したことあるけど、無駄。全然聞く気ないから。プライドがすごいの。妻や娘がおれに口答えするんじゃねえ、って感じ」

オボロは父親のふるまいを想像する。今までにも、似たようなケースがあった。

「お父さんは、家庭の外ではどう振る舞ってる？」

「外面はいいの。普通の人って感じ」

「補導された時、迎えに来るのはお母さん？」

「そう。おっさんが来たこと、一度もない。面倒くさいこととか、頭下げるのは全部お母さんにやらせて家で待ってんの。それで、帰ったら説教」

家庭内の力関係は概ね把握できた。学費を出してくれない、という発言の意味も理解できる。きっと、父親は経済力を背景に家族を従わせてきたのだろう。

「早ければ今日中にご家族とお話するけど、言っておきたいことはある？」

「そうだなぁ。自分のことは自分で決めるから、ほっといて、って言って」

言えるはずがない。オボロは返事の代わりに苦笑した。

「今後のことを考えるには、ご家族の意見を聞かないと……」

「はい、はい。じゃあ何も言わないでいいよ」

どうにも会話が噛み合わない。初対面だから仕方ないものの、ひなたはまだオボロに心を開いていない。補導前、どこに泊まっていたかも聞き出せなかった。近日中にまた面会することになりそうだ。

一時間ほどで切り上げ、初回の接見は終わった。ひなたを見送り、面会室を出たところで盛大なくしゃみが出る。頭が重いのは風邪のせいか、仕事疲れのせいか。思い当たる節がありすぎる。オボロはなるべくストレスの原因を考えないようにしながら、法律事務所への帰路についた。


「すぐに、少年院に入れてください」

静かだが断定的な口調だった。ひなたの父親——大川正之《まさゆき》の苛立ちが、電話の向こうから伝わってくる。事務所のデスクで、オボロは空いている左手を握りしめた。

外面はいい、とひなたが言っていた通り、最初の感触は悪くなかった。「お手数をおかけして申し訳ございません」という丁寧な謝罪からはじまり、親としての不手際を長々と詫びていた。だが、ひなたが付添人を希望していると告げたあたりから、不穏な空気が漂いはじめた。

「下の娘にはもう、ほとほと手を焼いているんです。私たちのような一般人じゃ手に負えません。少年院にでも入って、矯正《きようせい》してもらわないと」

「ですから、それは家裁が判断することなので」

オボロは改めて、少年事件の流れを説明する。現在は観護措置として、ひなたが少年鑑別所で保護されていること。三週間後には審判があり、処分が決まること。ひなた自身が少年院に行くことを望んでいないことも伝えた。

正之は刺々《とげとげ》しい口調で「だから」と言う。

「弁護士なんかついていただかなくて結構です。あいつが少年院に入りたくないって言ったら、あなたはその通りに活動するんですか。親の意見は無視ですか。私らがどれだけ迷惑をかけられてきたか、わかってないでしょう」

声のボリュームが大きくなってきた。

「補導されたのも、裁判にかけられるのも自業自得だ。なんで高い金払って弁護士まで雇わないといけないんですか。こっちは少年院に行ってほしいのに」

「予算については、扶助制度がありまして……」

「聞いたことありますよ。弁護士も最近は増えすぎてしまって、仕事がないんでしょう。営業する暇があったら、もっと重大な事件の弁護でもやられたらどうですか。

少年事件なんてやっても儲からないでしょうに」

――余計なお世話だ。

威圧的な声音。機関銃のような語り口。論点ずらし。本題とは無関係な個人攻撃。おそらく、家族にもこうした態度で接しているのだろう。感情のコントロールが未熟な大人は決して珍しくない。そして子どもは、常に親の機嫌に振り回されることになる。

「少年院送致だとしても、解決はしませんよ」

まくしたてる合間を縫って、どうにか口を挟む。怒りをはらんだ口調で「どういう意味です」と正之が質《ただ》した。

「おそらく、半年か一年で退院するでしょう。そうなると帰住《きじゅう》先の問題が出てきますから、またお父さんに連絡がいきます。もう一度少年院に入れてくれ、とは言えません。問題を先送りしているだけなんですよ」

初めて正之が沈黙した。この隙に畳みかける。

「何の手当てもなく、ただ少年院に送られたと知れば、ひなたさんはご家族を逆恨みする可能性もあります。できる範囲でいいので、環境調整に協力してもらえますか」

脅しめいた言い方だと自覚しているが、とにかく自分を付添人だと認めさせないと、話が前に進まない。交友関係の調査、学校への聞き取りも、それからだ。

「……うちに戻すつもりはありません」

正之の頑なな物言いに、思わずため息が出る。

「ひなたさんに、自分で家を探せと？」

「当てはあるんでしょう。ササキとかいう男の家に泊まっているそうじゃないですか」

「ササキ？」

唐突に出てきた名前に面食らう。未確認の情報だ。

「あいつが上の娘に話していましたよ。家出するたびに、ササキに泊めてもらっているんだと。そんなことだろうと思っていた。訳のわからない男とつるんで、売春婦みたいな真似をして。うちに帰ってこなくても、その男に泊めてもらえばいい」

思わず唖然《あぜん》とするが、気を取り直してササキの名を手帳に書き留める。重要なヒントだ。しかし、男に宿泊場所を提供してもらったことはない、というひなたの発言とは矛盾する。彼女が嘘をついていたのか？

「ひなたさんが、お姉さんにそう話したんですか？」

「そうです。だから、私たち家族がどうこうする必要はないでしょう」

すぐにでも通話を切りそうな正之を引き止め、オボロは説得を続けた。

それから十五分ほど話し、付添人になることはどうにか認めさせた。だが、審判への協力はしない、の一点張りだった。徒労感を覚えたオボロは、いったん対話を諦めた。このまま話し合っても埒《らち》が明かない。

「大変そうなご家庭ですね」

通話を終えたオボロが洟をかんでいると、パラリーガルの原田が話しかけてきた。会話が筒抜けだったらしい。

「悩みのない家庭なんてないよ。親から拒否されることはたまにあるし」

「それもそうですけど、相手方、すごい剣幕でしたね」

少年事件の弁護士をしていると、厄介な大人との会話は日常茶飯事だ。それでも、正之ほど敵意を露わにする相手も久々だった。

彼もきっと、会社ではそれなりに常識人としてふるまっているのだろう。会社と家庭で違う顔を使い分けること自体は誰でもやっている。だが、自分が正しいと信じて疑わず、挙句、子どもの養育を放棄するような親はそう多くない。

「とにかく付添人にはなれたから、ここからが大事……」

鼻に違和感を覚えた次の瞬間、くしゃみが出た。慌てて二の腕で防ぐ。

「……失礼」

「病院行ったほうがいいですよ」

「大丈夫、そんなにたいした風邪じゃないから」

「よく子どもたちに言ってるじゃないですか。自分を大事にしろ、って。先生が鼻水ズルズルだったら、あ、この人自分のこと大事にしてないんだな、と思われますよ」

反論の言葉もない。素直に反省する。

「今度、行きます」

「できるだけ早く行ってください」

きっちりと身なりを整えている原田に言われると、なお心に響く。オボロは忘れないうちに、近所の内科に予約を入れることにした。


繁華街にあるカフェチェーンの店舗は、夕刻という時間帯のせいもあってか混雑していた。オボロは奥まった席でカフェラテを飲んでいる。店内の様子はよく見えるが、待ち合わせの相手と思しき人物はまだ来ていない。腕時計を見ると、約束の午後五時を数分過ぎていた。

待っているのは、例のササキである。

正体は意外にもあっさりと判明した。ひなたの学校の友人に、ササキの自宅に遊びに行った女子生徒がいたのだ。彼女は一度だけ無断外泊をしたことがあり、その際、ひなたの案内で訪れたのだという。しかもササキ本人とも会っていた。どんな人だった、とオボロはかすかな緊張とともに尋ねた。

——えっと……優しそうなおばちゃんでした。

予想外の答えにすぐには反応できず、オボロはしばし固まった。

――どういうことかな。おばちゃんは、家族か誰か？

――え？　違いますよ、その人がササキさん。女の人。

ようやく理解できた。ひなたがSNSで知り合った男とよく会っていたことから、相手は男だと思い込んでいた。正之もササキは男だと言っていたが、勘違いだったらしい。あるいは、ひなたの姉がそう伝えたのか。

女子生徒のスマートフォンには、ササキの連絡先が登録されていた。もし泊まる場所に困ったら、連絡するようアドバイスされたという。驚き、呆れつつ、オボロはその番号に連絡して面会の約束を取り付けた。

すでに五時を十五分過ぎているが、それらしき客は現れない。テーブルの上には、目印にグレーの手帳を置いている。

――逃げたりしないよな。

口に運んだカフェラテは湯気が消えていた。

ふと、新しく入ってきた人物に視線が引き寄せられた。ベージュのコートを着た、細身の女性。長い髪は茶色く染められている。オボロと同年代に見える彼女は、注文したコーヒーを手に取るなり、落ち着かない様子で周囲を見渡していた。

視線を送ると、相手も何かを感じ取ったようだった。一直線に近づいてくる。

「あのう、朧太一先生……ですか」

「ええ。笹木《ささき》さんですか？」

女性は安堵の笑みを浮かべ、「そうです」と答えた。目尻がきゅっと細くなる。人当たりのいい表情に、オボロもつい笑顔になった。

正面に座った彼女と、まずは名刺を交換する。〈笹木実帆《みほ》〉という名前の上に、〈スタイリスト〉と肩書きが添えられていた。美容室の店名も記されている。

「美容師さんですか」

「はい。勤め先のサロンがすぐ近くなんです。すみません、ちょっとうるさい場所で」

この店舗を指定したのは彼女のほうだった。いつもは午後八時頃まで働いているが、今日は面会のために早退したという。

「遅れてごめんなさい。お客様の対応が長引いてしまって」

「ああ、いえ。ぼくは大川ひなたさんの付添人のオボロといいます」

真顔で言うと、笹木の顔に浮かんでいた笑みがわずかにこわばる。

「電話でも伺いましたけど、ひなたちゃんがどうして鑑別所に?」

声をひそめる笹木に、オボロは改めて経緯を説明する。特に、虞犯であって罪は犯していないことを強調した。

「それだけで、少年事件にされるんですか」

「補導の頻度が高すぎます。それに、警察官への挑発的な言動もあったようです」

「だとしても、いきなり鑑別所なんてあんまりですよ」

笹木の口調には怒りが滲んでいるが、冷静さは保っている。まともな社会人らしい対応だ。一見して、彼女が行き場のない少女を自宅に泊めているとは誰も思わないだろう。もっとも、人の見た目からわかることなど限られているが。

「ひなたさんとは、いつ知り合ったんですか」

笹木の目が泳ぐ。本当のことを話していいのか迷っているようだった。あえて急かさず待っていると、やがて口を開いた。

「……一年前くらいに。去年の二月かな。私のことを友達に聞いたらしくて、いきなり電話がかかってきました。家出したけど行く場所がないから、泊めてほしいって。それでうちに来ました」

「笹木さんはその前から、行き場のない子どもを家に泊めていたんですね」

「悪いですか?」

むっとした表情でオボロを見る。

「保護するのはともかく、自宅に泊めるのはどうかと思います」

「私が泊めるのは女の子だけです。オボロ先生は知らないでしょうけど、今夜泊まる場所がなくて困っている子はたくさんいるんです。放っておいたら、それこそ犯罪に巻き込まれます。誰かが泊めてあげないと」

「ぼくは少年事件が専門です。自宅に泊める以外の方法があることも知っています」

オボロなら、やむを得ない事情で行き場をなくした子どもは一時保護所、あるいは民間の子どもシェルターに宿泊できるよう手配する。一般人の自宅に泊めるのは、法的にも、生活の質を担保する意味でも、大いにリスクがある。

笹木は自らの正義感に従って行動しているらしい。言葉を信じるなら悪意はない。だが、そのやり方こそが危険だと気づいていない。

「はっきり言って、あなたのやっていることは未成年者略取《りゃくしゅ》、あるいは誘拐の可能性がある」

「なんで？　本人が希望しているんですよ」

「保護者の同意がなければ、監護権の侵害になります。あなたが泊めた子どもの親が、警察に親告すれば罪は成立するかもしれない。たとえ善意でも」

笹木は何かに耐えるように、唇を噛んでいた。顔から血の気が引いていく。

「今も泊めているんですか」

「まあ、はい」

「ちなみに何名？」

「四人です」

心なしか声が小さくなっていた。せいぜい一、二人だと思っていたが、予想より多い。

「常に四人ほどいるんですか」

「だいたい二、三人は。多い時は五人とか」

「失礼ですが間取りは？」

「1LDKです。一部屋は私の寝室で、女の子たちはリビングに雑魚寝してもらってます。ブランケットとかバスタオルとか、適当に敷いて」

広いとは言えないが、寝床のない子どもたちには貴重な居場所かもしれない。しかし、寝床だけでは人は生きていけない。笹木がどこまで面倒を見ているのか気になった。

「宿泊場所以外にも提供していますか」

「晩ご飯くらいはあげてます。菓子パンとか。私もお金あるわけじゃないし」

笹木がぶっきらぼうな口ぶりで言う。開き直っているようにも見えた。

「もしかして、お小遣いとかも？」

「まさか。お金は際限がなくなるんで。そこまで裕福じゃないし」

「トラブルは起こらないんですか」

「しょっちゅう。女の子同士の喧嘩はよくあるし、物を盗まれたこともありました。それからは、貴重品は絶対金庫に入れるようにしてます」

不思議と、オボロは引き込まれていた。笹木の行いは決して褒められたものではなく、いつ警察に突き出されてもおかしくない。だが話せば話すほど、なぜ彼女がそこまで少女たちに尽くすのか興味が湧いてきた。

「子どもを泊めるようになったのは、いつからですか」

本題から逸れていくのを承知で質問を重ねる。

「二年前の年末です」

萎《な》えていた笹木の口調は、いつの間にか自信を取り戻していた。

「店のお客さんとして会った高校生でした。髪を切っていたら、突然泣きはじめたんです。びっくりして事情を聞いたら、実は家出している最中で。知り合いに会ってもばれたくないから、思いきり髪を短くしたいんだ、と。でも今夜泊まる場所もなくて、不安で涙が出てきたっていうんです」

オボロは相槌も忘れて聞き入っていた。

「話を聞いたら、いてもたってもいられなくて。私の家でよければ泊まっていいよ、と言いました。女の子は何度も、ありがとうございます、ってお礼を言ってくれて。お風呂も食事も用意しました。夜はベッドを貸してあげて、次の日の朝に見送りました。その子とはそれっきり。今どうしているかも知りません。でもそれ以来、困っている子がいると放っておけなくなったんです」

笹木が顔を上げる。黒い瞳がまっすぐに正面を見ていた。

「変な女だと思ってますよね」

「そんなことは」

つい否定したが、否定してよかったのか、と思い直す。本来なら非難すべき立場のはずなのに、強く出られない。全面的ではないものの、笹木の意見に同調している自分がいる。だが、やり方はまずい。

ひなたの様子を訊くはずが、思いがけないところに足を突っこんでしまった。

——どうすればいい。

腕を組んで黙考していたオボロは、やがて腹をくくった。

「やはり、未成年者を勝手に泊める行為は見過ごせません。ひなたさんが家出を繰り返したのは、あなたが泊めてくれるから、という安心感があったせいかもしれない。女の子たちの家出を間接的に助長している可能性があります」

笹木が黙ってうつむいた。長い前髪が顔にかかる。

「それに、笹木さんのことも心配です。このままではあなたが潰れかねないし、自分の人生を歩むことができない」

風向きが変わったのを感じたのか、笹木が顔を上げた。潤んだ両目には微かな期待が満ちている。

「ぼくに任せてもらえますか」

オボロはここぞとばかりに微笑んだ。少し格好をつけすぎかな、と思いつつ。

「オボロ先生」

隣席から刺々しい声が飛んできた。ノートパソコンで書類を作成しながら、原田は口を動かしている。

「自分を大事に、って言いましたよね」

「面目ない」

「どうしてこんなに仕事が増えるんですか。一気に四人も増やして。さばけるんですか」

「だって、無視できないし……」

笹木実帆との面会から数日後、オボロは彼女の自宅に寝泊まりしている少女四人と面談し、帰宅するよう促した。とにかく、笹木にはこの習慣をやめさせなければならない。その一心だった。

しかし少女たちは家族との折り合いが悪く、帰宅を拒んでいた。そのため現在は四人の親と連絡を取り、帰宅に向けた環境調整をしている。いずれも込み入った事情があり、片手間で対応できる案件は一つもない。もともと多忙だったところに、さらに仕事が増えたのだ。

「全員、実質的には虞犯少年なんだよ。スルーして事件になれば、そのほうが問題だ」

「わかりますけど。せめて手分けしてもいいんじゃないですか」

オボロは「まあねえ」とごまかす。

他の弁護士に頼めないのは、これがなかば趣味だと理解しているからだ。自ら首を突っこんでおいて手を借りるのは、申し訳ない気がした。

昔から、他人に頼み事をするのが苦手だった。少年院を退院して、最初に就職した建設会社ではよく「トロい」「要領が悪い」と言われ、先輩社員からずいぶん侮《あなど》られた。助けを求めろ、とアドバイスされることもあったが、実行には移せなかった。

物心ついた頃から、オボロにとっては誰かに命令されて行動するのが当たり前だった。母親に忍び込めと言われれば民家に侵入したし、盗めと言われれば金品を盗んできた。命令に従っている限りは、認められた。居場所があった。

思えばあの頃から、他人に助けを求める、という選択肢を排除されていたのかもしれない。言い付けられたことはすべて自分で片をつけなければならない、と刷り込まれてきた。今ではもう、こういう性格なのだと諦めている。

もしかしたら笹木も似たような性格なのかもしれない。他人に頼るのが下手で、そのくせ困っている少女たちを放っておけず、自ら面倒な道を選ぶ。シンパシーを感じるからこそ、彼女の行動を真っ向から否定できない。

「先生、いいことあったんですか」

原田が気味悪そうに言った。

「なんで?」

「口元が笑ってるんで」

慌てて唇に手をやる。まったく意識していなかった。原田は興味なさそうに「なんでもいいですけどね」と付け加える。

「それで、ひなたさんの件はどうなるんですか」

「在宅の試験観察で調整中」

試験観察とは、ただちに保護処分を下すのがふさわしくないと裁判所が判断した場合に取られる処置である。三か月から半年程度、在宅または委託先で過ごすことになるが、あくまで中間処理でありその後最終的な審判が下される。

オボロは正之のいない場で、ひなたの母親と面談をしていた。最初は黙りこくっていた母親だが、本音ではひなたの帰宅を願っていることがわかってきた。担当の家裁調査官も試験観察には概ね同意している。斎藤蓮の付添人を務めた時と同じ、浦井という調査官だった。

「でも、当の父親の説得が難しいんじゃないですか」

「一筋縄ではいかないね」

それでもオボロが在宅にこだわるのは、そうしないと試験観察という判断を得られにくいからだ。委託先は常に満員に近く、裁判所としても試験観察を決めるには在宅が前提条件となっている節がある。

「ただ、学校との関係は良好のようだし、的が絞れているとも言える」

「楽観的ですね」

呆れたような原田にオボロは苦笑する。

――楽観的でないと、やってられないよ。

そのひと言はかろうじて呑み込んだ。


カフェに到着したのは、約束の五時より二十分も早かった。

オボロはカフェラテを頼み、前回と同じ奥まった席に腰かけた。まだ来るはずもないのに、やたらと出入口が気になる。笹木と似た背格好の女性が現れると、思わず視線が引き寄せられた。

スーツは一か月ぶりにクリーニングに出した。アイロンをかけたワイシャツには一ミリの皺もない。首元にはグレーのネクタイ。足には磨かれた革靴。後頭部の寝ぐせはしっかりとかしてきた。髭は事務所のトイレで顎が削れるかと思うほど念入りに剃った。いつもと変わらないのは、胸元のバッジの輝きだけだ。

今日ここで、笹木実帆と二度目の面会をすることになっている。この三週間、電話では幾度も連絡を取ってきたが、対面は一度もしていない。手帳を広げて打ち合わせの内容を復習する。ここに来るまでの間もさんざんやったが、まだ不安だった。

笹木宅に身を寄せていた四人の少女のうち、一人はすでに自宅へ帰り、一人はあと一歩のところまで環境調整が進んでいる。残る二人の現状を笹木からヒアリングし、対策を練ることになっていた。少しずつだが着実に前進している。

午後五時ちょうど、ベージュのコートを着た女性が現れた。オボロは思わず立ち上がったが、自分の不自然さに気づき、慌てて座った。コーヒーを手にした笹木が愛想のいい笑みとともに近づいてくる。急激に緊張が高まる。

「お待たせしました……」

テーブルにカップを置いた笹木が一瞬、固まった。視線が忙しなく動いている。

「どうかしましたか」

「いえ、大したことじゃないんですけど」

ニットのワンピースを着た笹木が対面に腰かけた。

「言ってください」

「あのう、前にお会いした時と、なんとなく雰囲気が違うなと思って」

当然である。前回会った時は、くたびれたスーツに皺の寄ったシャツ、ノーネクタイにくすんだ革靴という出で立ちだった。オボロの顔が紅潮していく。

「変でしたか？」

「変じゃないです、全然。今日のほうがいかにも弁護士さんって感じですね」

あまり褒められた気はしない。多少くたびれていたほうがよかったのだろうか。何が女性に受けるのか、オボロには見当もつかない。

ひとまず、気を取り直して仕事の話に移った。

調整が進まない二人の少女について、笹木から近況を聞く。うち一人は精神的に不安定な傾向があり、医療機関の受診を検討することになった。

「ご家族は受診の必要性を感じていないようでしたが、ぼくから再度説明します」

「行き先は心療内科でいいんですか」

「できれば児童精神科医がいいですね。あてはあるので、紹介します」

仕事の話をしているうちに、オボロは平常心を取り戻していった。弁護士という肩書きは一種の鎧である。仕事をしている間は、生身の自分をさらけ出さずに済む。

会話にひと区切りついた頃、笹木がおずおずと切り出す。

「先生。ひなたちゃんは、どうなりましたか」

「あ。すみません、お伝えしてなくて。彼女は自宅へ帰ることになりました」

大川ひなたは数日前、在宅での試験観察が正式に決まった。最大の障壁であった父親の正之を説得できたのは、ひなたが高校入試を受けると決断したためだ。進学の意思があるとわかったことで、正之の態度も軟化した。根気強く進学の意義を説明したことが功を奏したようだ。

「入試はいつ？」

「二月の下旬です。そのまま数か月は様子を見ることになると思います。試験観察の間はぼくも家族との関係改善や、進路選択を支援します」

「よかった」

張りつめていた笹木の表情がやわらぐ。本心からの安堵に見えた。

「私、中学しか出てないから苦労したんです」

ぽつりと言葉が漏れた。何か語りたそうに見える。オボロは「そうですか」と言ったきり、黙って笹木の言葉を待った。

「……小さい頃、父親は夜寝に帰ってくるだけで、母親もしょっちゅう外に出ていました。小学校から帰ってくると、机の上に袋入りのロールパンが一袋だけ置いてあって。次の日の朝までそれだけ食べて過ごしました。シャンプーとかボディソープとかいつも切れていて、お湯だけで身体を洗っていたんで、臭くないかいつも心配で」

「それは」

「ネグレクトですよ」

オボロは顔色を変えず、話に耳を傾ける。

「大人になってからわかりましたけど。家のなかはゴミ袋で足の踏み場もないし、親はいつもイライラして叩いてくるし。物心ついた頃から早く出たくて。でも、限界だったんです。中二の夏頃から、家にいるのがたまらなく嫌になって……」

笹木が洟をすする。目の縁には涙が溜まっていた。周囲の客が横目で見ているが、オボロにはどうでもよかった。笹木は幾度か、口を開いては閉じた。続きがあるようだが、今はまだ話す気になれないらしい。オボロも無理に急かすような真似はしない。

「ごめんなさい。しゃべりすぎました。女の子を泊めていることも、家のことも、他の人に話したことがなくて」

「お気になさらず。誰にも話しませんから」

「あの、そう……だから、私には家出する子の気持ちがわかるんです。私もそうだったから。本当に泊まる場所がないんです。友達の家なんか泊まれないし、駅とか公園で野宿したこともありました。そんなの、他の子にはさせたくないんです」

オボロは無言で頷く。

笹木自身にも、家庭での辛い経験があるかもしれないとは思っていた。気の毒だからといって、見ず知らずの少女たちを自宅に泊めるのは普通ではない。きっと笹木は、家出少女たちを見るたび過去の自分と重ね合わせているのだろう。

「笹木さんは、高卒認定試験を受けたんですか。美容師の資格を取るには、専門学校に通う必要がありますが」

「そうです」

「同じですね。ぼくも高認ですよ」

思わずオボロは打ち明けていた。笹木が「意外」と応じる。

「てっきり、先生はしっかりした学歴なのかと。あ、失礼ですよね。ごめんなさい」

「ぼくの場合、ちょっと事情が特殊で」

空き巣を強要され、少年院にいた日々が頭をよぎる。

笹木がオボロに過去を話した手前、自分だけ前歴を隠しているのも卑怯《ひきょう》な気がした。だが、語ろうと唇を動かしても言葉が出てこない。

　二十年以上前とはいえ、目の前の男が罪を犯したと知れば笹木はどう思うだろう。嫌悪。軽蔑。冷笑。いずれの反応でもきっと自分は傷つく。現に、これまで数えきれないほどそういう経験をしてきた。

「大丈夫ですか、先生」

　笹木が怪訝そうにのぞきこむ。

「……失礼しました。平気です」

　オボロはこわばった微笑で過去を呑み込む。勇気のなさを内心で認めながら。


　調査官の浦井は、家裁の会議室に入ってくるなり、両手を擦り合わせた。脇には器用に書類やファイルを抱えている。

「いやいや。こう寒いと、さっさと家に帰って熱燗《あつかん》で一杯やりたくなりますね」

　小太りな浦井が柔和に笑いかける。待っていたオボロはいったん立ち上がり、相手と同時に座り直した。

「先生、お酒は？」

「家では飲まないですね。飲めないわけじゃないですけど」

「ああ、そう。いける口に見えますけどね」

　浦井は軽口を叩きながらバインダーに綴じられた書類をめくっている。

「えーっと、大川ひなたさんでしたよね」

「月曜に面談されたと伺いました」

試験観察のため、ひなたが自宅へ戻って二週間が経った。その間、家裁調査官の浦井が定期的に面談をすることになっている。先日、家に帰ってから初めての面談が行われた、とひなたの母親から聞いていた。

試験観察の間、浦井とオボロは役割を分担することにしている。浦井は定期的に面談してひなた本人から近況を聞き取り、オボロは家庭や学校などの環境調整を担う。

「オボロ先生も個別に面談されたんでしょう?」

「母親とは。本人とは会えていないんです。受験に集中したいから、その後で、と」

「なるほど……ああ、あったあった。今のところ順調だと思いますよ。髪も真っ黒に染め直していました。勉強の話は私も聞きましたがね。国語と英語が得意だそうです」

浦井がメモ書きに目を通しながら語る。

「彼女自身、もともと進学意思がなかったわけではないようですね。この一年でずいぶん成績は落としたと言っていましたが、中二までは学年でも中の上くらいだったそうです。ただ、とにかく父親と反りが合わない」

正之から電話で浴びせられた強圧的な言葉の数々を思い出す。毎日あの父親と接していたら、家を飛び出したくなるのも無理はない。

「三歳上にお姉さんがいるでしょう」

「あずささん」

「そう。彼女もちょうど、大学受験の真っ最中らしいんです」

今は高校だけでなく、国公立大学の入学試験が行われている時期でもある。

ひなたの姉であるあずさは高校三年生だ。オボロは母親との面談のため、大川家を訪れた際に挨拶だけしていた。デニムにボーダーのカットソーという飾らない服装の少女だった。挨拶の声は聞き取れないほど小さく、おとなしい印象を受けた。

「父親がね、あずささんの大学選びにも口を出すらしいんですよ。女子大にしろだの、文系で受けろだの」

「本人の希望は？」

「国立大の理学部だったそうです」

だった、という過去形の物言いが気になる。浦井が口をへの字に曲げた。

「あずささん、あんまり父親がしつこいんで本命を諦めたそうですよ。実家から通える女子大に志望校を変更したとか。そのやり取りを傍で眺めていたひなたさんは、心の底から馬鹿らしいと思った、ということです」

――うちはおっさんの帝国だから。

最初の面談でひなたがそう言っていた。家庭という小さな帝国で、支配者としてふるまう父親。正之にとっては、妻も二人の娘も臣下であり、従うまでは許さない。ひどく子どもじみた王様だ。

「幸い、ひなたさんの受験に関しては口を挟んでいないようですがね。もともと受験すら危ぶんでいたから、進学の意思を示してくれるだけで満足なんでしょう」

浦井は淡々と私見を述べる。

ベテラン調査官の浦井は冷静だ。少年事件の表も裏も知りすぎているせいか、斜に構えるところはあるが、その分析は経験に裏打ちされている。

「ところで、友人関係についてはわかりましたか。誰の家に泊まっていたのか」

水を向けられたオボロは硬い表情で首を横に振った。

「本人の口からは何とも」

内心、オボロは冷や汗をかいていた。笹木の件は誰にも話していない。もちろん罪悪感はあるが、話せば笹木が罪に問われるかもしれない。その選択はできなかった。

家裁には、ひなたは知人宅で寝泊まりしていたようだが、具体的な行き先は証言していないと報告していた。また、笹木が泊めている他の少女たちの家族にも、知人から保護を依頼された、とだけ話している。

「深夜に友達と出歩いていたわけでしょう。その辺から聞き出せませんか」

浦井は食い下がる。暗に能力を責められているような気がした。

「すみません。ぼくの力不足で」

「私も調査してみましょうか」

「それには及びません。付添人としてやらせてください」

「……そうですか」

　ひとまず引き下がってくれた。だが、その目にはまだ疑念が残っている。

「宿泊先がわからないのは痛いですね。注意しておかないと、彼女は家出しようと思えばいつでもできてしまうわけだから。向こうから誘ってくるかもしれないし」

「承知しています」

「何かあったらすぐに相談してくださいよ。あなたはどうも抱え込みそうだから」

　やはり、そう見えるらしい。まだまだ修行が足りない。

「まあ、周囲を頼りたくない気持ちもわかりますがね」

　浦井が何気なく発したひと言は、心に棘のように引っかかった。

　その言いぶりには、浦井の微妙な気遣いが滲んでいるようだ。もしかすると、この男はオボロの前歴をすでに知っているのか。少年時代の出来事を踏まえて、周囲を頼りたくない気持ちもわかる、と発言したのか。だとすると少しやりにくい。前歴を知られれば、偏見の目で見られる。

　それとも、単に付添人としてのふるまいを指摘されているのか。自分が深読みしすぎているだけなのか？

悩むオボロの前で、浦井が「あ」とつぶやいた。

「今日か。忘れてたな」

先程の発言をごまかしているようにも聞こえたが、とりあえず尋ねてみる。

「どうしました」

「ひなたさん、今日が試験日だと言っていました」

思わず、オボロは会議室の窓の外を見た。植木の枝が寒風に揺れ、身を震わせている。昼前の空は青白い晴天だった。ちょうど今頃、ひなたは試験問題と格闘している頃だろうか。

「受験の結果によっては、また父親が騒ぐかもしれませんねえ」

浦井はひどく現実的なコメントの後で、「まあしかし」と付け加えた。

「進学の意思を示してくれたのは、彼女にとって大きな一歩ではありますが」

オボロはその意見に心から同意する。

自分一人で決めてしまうことと、自分の人生を歩くことは別だ。ひなたは家出をした瞬間、自由を感じたかもしれない。だがそれは、諦めの上に成り立つ自由だった。ならば大人がすべきことは決まっている。彼女が諦めたものを、再びその手につかませる。

もちろん、それが語るよりずっと難しいことも理解していた。

大川ひなたの母親から電話がかかってきたのは、その日の午後九時だった。

事務所で作業をしていたオボロは、ディスプレイに表示された名前を見ると同時に不安を感じた。そしてこういう予感はたいてい当たってしまう。

「あ、あのっ。先生。考えすぎかもしれないんですけど、おかしいことがあったら連絡するよう言われたので、電話したんですが」

動揺しきった声が飛び込んできた。ひなたの母親は明らかに取り乱している。

「落ち着いてください。何かありましたか」

「試験会場に行ったまま、ひなたが帰らないんです」

絶句した。試験は長時間かかるとはいえ、この時間まで帰っていないのは遅すぎる。

「家に戻ってからずっと落ち着いていたし、この一、二年では見たことがないくらい熱心に勉強していたんです。だから安心して送り出したんですけど、やっぱり付いていくべきだったんでしょうか」

「もう少し状況を教えてください」

母親いわく、けさ七時半に家を出て、試験会場へ向かったという。その様子に不穏さは微塵もなかった。

「あの子、泊まる道具なんか何も持ってないんですよ。文房具と参考書しかないのに。お金だって交通費くらいしか」

オボロは奥歯を噛んだ。こういう時、ひなたが向かう場所は一つしかない。

「少しだけ、通報は待ってもらえますか。すぐに折り返し連絡します」

「あの、主人はまだ会社なんですが、きっともうすぐ帰ります。それまでに家に連れ戻していただけませんか」

「お約束はできません」

状況の聞き取りもそこそこに電話を切り、すぐさまひなたの番号にかける。だが、コール音が虚しく鳴るだけであった。

手のひらに汗が滲む。試験観察中に所在不明となれば、家裁への心証悪化どころではない。場合によっては審判が開かれ、少年院送致の判断が下されることもある。そうでなくとも、自暴自棄になった子どもはどういう行動に走るかわからない。せめて行き帰りには親を同行させるべきだった。後悔がオボロの胸を裂く。

続けて笹木の番号にかけたが、やはりつながらない。何度かけても同じだった。単に仕方がないので、留守番電話サービスに折り返し連絡するよう伝言を残した。単に気づいていないのかもしれない。仕事が長引いている可能性もある。まだ、ひなたが笹木の家にいると決まったわけじゃない。

それでも、向かわずにはいられなかった。訪れたことはないが住所は聞きだしている。事務所を出てタクシーを停め、後部座席に乗るなり番地を告げた。オボロの焦った様子を見た運転手は「三十分以内に着きます」と応じた。

夜の街を駆ける車のなかで、オボロはスマートフォンを握りしめていた。いつ笹木から折り返しの連絡があってもいいように。しかし期待に反して、手のなかの機器は沈黙を続けている。

やっとかかってきたと思えば、相手はひなたの母親だった。

「今、主人が帰宅しました」

声は押し殺しているが、オボロには悲鳴に聞こえる。

「ひなたさんのことは？」

「まだ話していません。お風呂に入っています」

「ご主人には話してください。どのみち、隠すのは無理です。ただ通報は待ってもらえますか。今、居所を捜しています」

どこからか、クラクションが高らかに響いた。

「……移動中なんですか？　どこに向かっているんですか」

「すみません。後で説明しますので」

「どういうことですか、先生。なんで親が」

言葉はそこで途切れた。続けてひなたの母親は「主人が来ました」と早口で言い、一方的に通話を切ってしまった。この調子だと、そのうちまたかかってくるだろう。

今度は正之のほうかもしれない。

やがてタクシーは八階建てのマンション付近で停止した。料金を支払い、駆け足で向かう。自動ドアの先にあるエントランスはオートロックだった。パネルのボタンを押し、相手を呼び出す。部屋番号は四〇五。電子音がやけに大きく聞こえる。反応はなかった。不在か、あるいは居留守か。三度鳴らしたが同じだった。打つ手なし。後悔が再び胸の奥から湧きあがる。

その時、スマートフォンが震えだした。恐る恐る確認すると、〈笹木実帆〉と表示されている。オボロは反射的に受話ボタンを押していた。

「笹木さん？　今どこにいますか。ひなたさんがいなくなったんです」

「……ごめんなさい」

かすれた声が返ってくる。その一言で、オボロはすべてを察した。

「部屋に、いるんですね」

最初に感じたのは安堵だった。これで、ひなたの居場所ははっきりした。このマンションの四〇五号室で、彼女は笹木と一緒にいる。夜の街をさまよってはいない。すぐさま、入れ替わりに怒りがこみあげてきた。当然、彼女を匿《かくま》っている笹木への感情だった。

「下のエントランスにいます。さっき鳴らしたのもぼくです」

「知っています。カメラ、ありますから」

「だったら早く引き渡してください。すぐに帰宅すればまだ間に合う」

「ひなたちゃんは家に帰らないと言っています。追い返すことはできません」

「笹木さん！」

オボロの怒声が反響する。誰かに本気で怒りをぶつけたのは久しぶりだった。

「どういう状況かわかっているでしょう。試験観察中なんですよ。所在不明になれば少年院に送られるかもしれない。一刻も早く家に帰してください」

「オボロさん」

笹木は初めて、オボロを〈先生〉と呼ばなかった。

「話も聞かず、無理やり家に帰すのが本当に正しいんですか。少年院にさえ入らなければ、ひなたちゃんの気持ちはどうなっても構わないんですか。軽い処分にすることが目的じゃないでしょう。オボロさんは何のために付添人をしているんですか」

一つひとつの言葉が矢となり、槍《やり》となって心臓に突き刺さる。その先端は正確に、オボロの本心を貫いていた。

「しかし……本人ができる限り軽い処分を望んでいます」

「逃げ出せば裁判所に悪い印象を与えることくらい、ひなたちゃんもわかっています。それを承知でなお、逃げてきたんですよ。何でわからないんですか」

今度こそ、反論のしようがなかった。

無言のまま、オボロも笹木も通話を切ろうとはしなかった。互いに相手の呼吸を測るような、重い沈黙が続いた。

通報という最後の脅し文句を吐くことは、オボロにはできなかった。尋ねるまでもなく、すでに笹木は覚悟している。たとえ罪に問われることになっても、逃げてきたひなたを匿うと決めたのだ。

もう、打つ手がない。むしろ付添人という立場さえなければ、彼女たちを守ってやりたいくらいだった。ひなたが試験日に逃げた理由はわからないが、笹木の言う通り、そこには彼女なりの理由があるはずだった。

ふいに、入ってきた自動ドアが開いた。住民だろうか。オボロはパネルの前から離れながら、振り向いた。

若い女性だった。十代後半と見える彼女は見覚えのある服装をしている。ダウンジャケットの下は、デニムにボーダーのカットソーだ。無愛想な顔でオボロを見ているのはひなたの姉、あずさだった。つい呆気に取られる。

「弁護士の先生ですよね」

オボロを見つめるあずさは、息が上がっていた。駆けてきたらしい。なぜ彼女がここにいるのか。どうやってこの場所を知ったのか。急激に疑問が渦巻く。

「このマンションのことは、ひなたから聞いていました。私も何かあったら逃げ込めばいい、と言われて」

オボロの視線から何かを感じ取ったのか、あずさが先回りして答えた。彼女もオボロと同じく、ここにひなたがいると確信しているのだろう。

「さっき話していたのが、笹木さんという方ですか」

「そうですが」

「電話、貸してください。お願いします」

オボロは戸惑いながらも、勢いに呑まれてスマートフォンを差し出した。挨拶した際の、おとなしそうな雰囲気は消え去っている。あずさは受け取るなり耳にあて、はきはきとした口調で告げる。

「大川あずさといいます。ひなたの姉です。ひなたに替わってもらえますか」

話しながら、あずさはエントランスから外へと出て行った。ガラスの自動ドア越しに、彼女の唇が忙しなく動く。語っている内容は聞こえない。オボロは不安と期待がないまぜになった感情を持て余しながら、通話が終わるのを待った。

やがて、戻ってきたあずさが「お返しします」とスマートフォンを突き出した。懐にしまったオボロはおずおずと切り出す。

「どうしてここに……」

「ひなたは私と母が引き取ります。保護者がいるなら文句はないですよね」

あずさの両目が、柔らかい照明の光を反射した。予想外の申し出に言葉を失う。

「笹木さんは何と？」

「ひなたが納得しているならそれでいい、と」

おそらく笹木も、こうなるとは思っていなかったはずだ。さぞかし戸惑っただろう。

「ひなたが家に居着かないのは父のせいです。だから、父のいない場所で暮らしたほうが更生のためになると思うんです。これで納得してもらえますか」

「まあ……でも、お母さんから連れ帰ってくれと連絡があったけど」

「母ならついさっき、説得してきました。私もひなたも家出する、と伝えたら、それならお母さんも、と。母もいい加減、父にはうんざりしていたみたいです。疑わしければ、電話で確認してくれてもいいですよ」

自信に満ちた口調は、はったりとは思えない。

オボロはとっさに考えた。付添人としてどう動くべきか。ひなたの意思、家裁への心証、通報のリスク。それらを総合した結果、現時点ではあずさの提案に乗るのが最善だと数秒で結論を出した。もしも正之が警察を巻き込んで騒ぐことがあれば、自分が代理人となって矢面に立てばいい。

「お母さんと話しますが、大筋では理解しました」

ただし、一応の条件はつけた。今後、宿泊先は逐一オボロに連絡すること。怠った場合は警察に相談する可能性もある、と言い足す。

「ありがとうございます」

あずさの顔が少しだけやわらいだ。彼女なりに緊張していたのだろう。

オボロは姉妹の母親に電話をかけたが、つながらなかった。

「移動中かも」

あずさが横から付け加える。

「きっとお母さんも必死ですよ。服とかバッグに詰めて、逃げている最中だと思います」

「そう……お父さんは、今でも笹木さんが男性だと思っているのかな」

「さあ。ひなたがリビングで話したのを聞いて、勝手に男だと勘違いしたみたいですけど。本当、浅はかですよね」

そこで、あずさは冷ややかに笑った。

「女が女を助けるなんて、想像したこともないんじゃないですか。あの人にとってはお母さんも私もひなたも、服従させるもの、って認識ですから。女三人が結託して家を出るなんて、まったくの想定外ですよ」

笑みは乾いているが、同時に痛快そうでもあった。

やがて、エントランスに少女が現れた。髪を黒く染めたひなただ。中学校の制服に身を包み、肩からナイロンバッグを提げている。うっすらとメイクをしているが、鑑別所で会った時とはまるで雰囲気が変わっていた。

ひなたは二人の前で立ち止まる。泣き腫《は》らした目元を隠すように、うつむいたままだった。オボロが声をかけるより先に、あずさがその肩に手を置く。しばらくの間、三人は無言でたたずんでいた。

それから最寄りのカフェに移動した。母親と合流するまでは同行しようと決めていた。閉店前にようやく連絡がつき、コンビニ前で落ち合うことになった。母親を待つ間、意外にも正之からの連絡はなかった。

タクシーに乗って現れた母親はしきりに頭を下げ、同じ車に二人の娘を乗せた。

「これから、どうされるつもりですか」

「今夜はビジネスホテルにでも泊まります。しばらく過ごせるくらいの貯金はありますから。私もいつか、逃げ出してやろうと思っていたんです」

心なしか、その顔は闇夜のなかで生き生きとしている。三人のなかでもっとも長い間、正之の横暴に耐え続けてきた彼女の表情は清々しかった。

「先生」

後部座席のひなたが、充血した目でオボロを見ていた。

「笹木さん、これからどうなるの」

今にも泣きだしそうな少女に、オボロは微笑してみせた。

「心配しなくていい」

ひなたはまだ言いたいことがありそうだったが、黙って大きく頷いた。

母と娘たちを乗せたタクシーが、夜の街へ溶けていく。時計を見ればすでに十一時を回っている。長い一日が終わろうとしていた。だが、オボロにはまだやることが残っている。ひなたが逃げてきた経緯を笹木に聞かなければならない。彼女のケアも必要だ。

懐でスマートフォンが震える。表示されていたのは〈大川正之〉の名だった。自然とため息が出る。もう一仕事増えてしまった。理不尽な罵倒を覚悟する。これも仕事のうちだ。

充電が残っていることを確認してから、オボロは受話ボタンに親指を重ねた。

視界がかすみ、ノートパソコンの文字列が読み取れない。目をこすっても目薬をさしても、今一つピントが合わない。早めの老眼でないとすれば、体調不良だ。オボロはパジャマにしているフリースの上下を着て、ワンルームの中央であぐらをかいている。前日から入浴していないため、顔や髪は脂でべたついていた。額には冷却シートを貼り、五分に一度は洟をかんでいる。

久々に仕事を休んでいた。

前夜から悪寒はあったが、冬の寒さのせいだとごまかしていた。そして今朝、目覚めと同時に頭の奥が痛むのを感じた。体温を測れば三十八℃ちょうど。微熱どころではない。スーツに着替える気力すら湧かず、やむなく休暇の連絡を入れた。予定していた打ち合わせはキャンセルを伝えた。

寝ているべきだということはわかっているが、どうしても落ち着かない。横になっているだけで妙な罪悪感を覚える。仕方なく、持ち帰っていたノートパソコンで残務を処理していた。

だが、仕事はまったくと言っていいほど捗《はかど》らない。頭に靄がかかったような感覚で、考えが一向にまとまらず、複雑な文章を読む気も起こらない。気休めに体温を測ってみると、三十八・三℃だった。よくなるどころかわずかに上がっている。もう昼前だった。喉の渇きを覚え、台所で水を飲む。スポーツドリンクが飲みたいが、買いに行く体力すらなかった。

気力を振り絞ってパソコンに向き直ると、大川あずさから電子メールが届いていた。

〈前回連絡した時と同じく、母の実家にいます。ひなたも元気です〉

あずさからは数日に一度、こうして連絡が来る。オボロは目をこすりながら返信のメールを打った。

〈ご連絡ありがとうございます。キャンパスライフ楽しんでください〉

あずさは父の正之から女子大を受験するよう強要され、それに従うふりをしていた。だが実際は、密かに本命の国立大理学部を受けており、見事に合格していた。こっそり逃走資金を貯めていた母親といい、皆、正之にはとうに愛想を尽かしていたのだ。

大川ひなたが行方をくらました日から二週間が経っていた。

受験当日にひなたが帰宅しなかったのは、落ちたと思い込んでいたせいだった。本人いわく手ごたえが感じられず、終了と同時に不合格を確信したという。進学に失敗すれば、また正之からなじられ、家庭内で居場所をなくす。思い詰めた挙句、ひなたは笹木のマンションを目指した。

母と姉に連れ出されたひなたは、数日間のホテル暮らしを経て母方の実家に身を寄せている。幸い、家裁も転居を認めた。調査官の浦井が、家出の原因が正之にあると理解してくれたおかげだった。

その後、正之からは抗議の電話が幾度もかかってきたが、じきに諦めた。これは誘拐だ、警察に通報すると脅してきたが、実際に通報した形跡はない。

笹木が匿っている少女も、当初の四人から一人にまで減った。家族との交渉は容易ではないが、出口は見えている。

テーブルに置いていた仕事用のスマートフォンが震える。オボロは迷わず手に取った。笹木の名が表示されている。

「オボロです。どうかしましたか？」

鼻詰まりの声で応答する。

「あの……今、事務所にいるんですけど」

声を聞いた瞬間に思い出した。十一時から笹木と事務所で打ち合わせをする約束だったが、忘れていた。当然キャンセルの連絡もしていない。

「ごめんなさい。今日は都合が悪くなって。延期ということに」

「体調崩されたそうですね。さっき、原田さんという方に聞きました」

「すみません、別の日に振り替えてもらえませんか」

平謝りするオボロに、笹木はいつもと変わらない口調で言う。

「ご自宅、近いんですってね。せっかくなんでお見舞いに伺いますよ」

「いやいや、それはさすがに」

内心で原田を恨む。依頼人にべらべらと余計なことを話さないでほしい。

「飲み物とかゼリーとか、欲しいものがあれば差し入れますから。買い物とか大変でしょう、一人暮らしだと」

「それも原田くんが？」

「はい。ワンルームにはほとんど寝に帰っているだけだって」

職場に戻ったら文句の一つも言ってやろう、と心に決める。

「それで、住所は？」

笹木はすっかりその気になっている。どうにでもなれ、という気分で住所を伝えた。

「じゃあ、コンビニに寄ってから行きますね。顔だけ見たら帰りますから」

「顔は見ないでください。寝ぐせとかついてるし」

「寝ぐせなら、最初に会った時からついてましたよ」

では、と言って笹木は通話を切った。しばし呆然とする。二回目の面会であんなに格好をつけて行ったのに、初回で寝ぐせがついていたなんて……。

――まあ、いいか。

開き直りつつ、洗面所に立つ。顔を洗い、髭を剃ると、少しだけましな顔になった。

改めて笹木への感情を自覚する。もう一歩、いや半歩でいい。彼女との心の距離を縮めたい。そのために何をすべきかわかっている。

今日はともかく、次に会う時にはすべて話そう。親との関係も、過去の罪も、少年院を出てからのことも。話すのは怖い。蔑まれるかもしれない。だが話さなければ、正面から笹木とは向き合えない。

さほど待たず、インターホンが鳴った。

「ちょっと待ってください」

オボロはマスクをしてから、玄関のドアを開く。冷たい外気とともに、温かな気配が流れ込んできた。

第四話

おれの声を聞け

ソファに座る女性は、全身から焦りと不安を発散させていた。

見たところ年齢は四十代前半。瞬きが少なく、顔色は白っぽい。ジャケットを着慣れていないのか、しきりに肘《ひじ》のあたりを気にしていた。額には汗が滲んでいる。晩夏の蒸し暑さのせいか、心理的な緊張のせいかは判別できない。

朧太一はどう切り出すべきか思案したが、結局「どうぞ、リラックスしてください」という月並みな台詞しか出なかった。混乱している相手にはオーソドックスな対応がいい。顔には微笑を浮かべる。

「お断りしておきますが、ネットには強くありませんよ」

「理解しています。でも、子どもの弁護はお得意だと聞きました」

依頼人の名は堀亜佐子《ほりあさこ》。事務所ウェブサイトを経由して相談メールが送られたのは、昨日のことだった。可能な限り早く会いたい、という希望を汲《く》んで、たまたま予定の空いていたオボロが応対することになった。

メールによれば、トラブルを起こしたのは彼女自身ではないらしい。

事務員が二人分のアイスコーヒーを運んできた。亜佐子は両手を握りしめ、グラスが置かれる様子を凝視する。事務員がいなくなると同時に、数枚の書類をまとめてハンドバッグから取り出した。

「これなんですけど」

一番上にあるのは、〈発信者情報開示に係る意見照会書〉という名目の書類だった。オボロは書類の束を手に取り、順にめくってみる。〈発信者情報開示請求書〉の写しが現れた。口汚い言葉が綴られており、幼稚な文面に思わず眉をひそめる。

「昨日、いきなり送られてきまして。もう、どうしたらいいかわからなくて」

亜佐子の顔は興奮で赤らんでいる。

「二週間以内に情報開示に同意するか、拒否するか返事をしろというんです。唐突にそんなこと言われても……」

「堀さん。まずは、事情を聞かせてもらえますか」

オボロはあえてゆっくりと語りかける。

「メールに書いた通りです」

「改めて聞きたいんです。お願いします」

亜佐子はもどかしげに口ごもっていたが、やがて、今にも泣きそうな顔で説明をはじめた。

「……息子が二人いまして。上の子は駿介《しゅんすけ》、下の子は彰平《しょうへい》というんですが。彰平は中学一年で、最近反抗期っぽいところも出てきましたけど、普通の中学生だと思います。問題は上の子で」

亜佐子の眉間の皺がいっそう深くなる。

「駿介は今中学二年ですが、一年生の二月から部屋に引きこもっているんです。当然学校にも行っていません。もう七か月になります」

オボロは手帳にメモをしながら尋ねる。

「完全に部屋から出ないんですか」

「いえ。トイレは使いますし、冷蔵庫も漁っています。ただ、家族と顔を合わせるのは避けたいみたいで。私たちが寝静まった夜中を待って、浴室を使ったり、近くのコンビニに行ったりしているみたいです」

「食事はコンビニですか」

「毎食、私が部屋まで届けています」

「衣類は？」

「それも、私が毎日交換しています。部屋の前に汚れ物を出してもらって、回収するついでに綺麗なものを置いておく、というルールです」

「お仕事はされていますか」

「私ですか？　専業主婦です。少し前まで、近所のスーパーで品出しのアルバイトをしていましたけど……息子の世話やら家事やらで忙しくて、辞めました」

亜佐子は背中を丸め、ため息を吐いた。

「学校とは話し合いをされましたか」

「話し合いというか、電話で連絡しあう程度です。担任の先生には、来られないものは仕方ないから様子を見ましょう、と言われました」

——またか。

様子を見る。問題を抱えた生徒に対して、学校がまず例外なく選ぶ対応だ。

教師は多忙だ。一人の生徒にばかり時間を使えないのはわかる。家庭の事情に深入りするのが難しいことも。スクールカウンセラーの配置状況も年々改善されているものの、不登校や引きこもりの生徒への訪問活動はカバーできていないことが多い。特に引きこもりは保健所等のケースワーカーが訪問を行う例が多数で、学校は様子見に留まりがちだった。オボロは常々抱いている不満をいったん呑み込む。

「次に、この書類ですが」

オボロは先ほど渡された、開示請求書の写しに視線を落とす。

〈権利を侵害されたと主張する者〉の欄には、女性の名前が記されている。同じ名前が亜佐子からのメールにも記載されていた。検索したところ、アニメなどで活動する声優であった。蘭子《らんこ》という名前から〈らんこす〉が愛称らしい。インターネット上にあった写真を見る限り、歳は二十代前半くらいだ。

書類にはＩＰアドレスやＳＮＳのアカウントが並んでいる。その下に〈掲載された情報〉の欄があった。文章を頭から読んでみる。

〈らんこすは演技も歌もごみ、みためもくそぶす。枕やってる女まじで早く消えろ消えろ消えろ消えろ〉

他にも延々と幼稚な罵詈雑言《ばりぞうごん》が連ねられている。顔を上げると、亜佐子がいたたまれない表情でオボロを見ていた。

「これを、駿介さんがSNSに書き込んだということですね？」

「本人に確認したわけではないのですが……」

返ってくる答えは歯切れが悪い。

「駿介さんと話していないんですか」

「声はかけているんですけど、反応がなくて。聞こえてはいるはずです」

「これは、ご自宅のIPアドレスですよね。失礼ですが他のご家族がやった可能性はありませんか」

亜佐子は首を勢いよく左右に振る。

「夫も彰平も、スマホは持っていますけど、アニメや声優には興味ありません。それに投稿の時間が平日の昼間なんです。その時間、家には私と駿介しかいません」

確かに、記録上の時刻は二月下旬の正午過ぎとなっている。ちょうど駿介が引きこもりをはじめた時期とも重なる。

どこから手をつけるべきか思案していると、亜佐子がじれったそうに「先生」と言った。

「どうすればいいですか。拒否してもいいものですか。こちらの名前を知らせたら、賠償金とか請求されるんですか」

意見照会書を送ってきたのは、堀家が契約しているプロバイダである。現時点で堀家の情報は請求者側に渡っていないが、同意すればすぐに提供されるだろう。オボロは微笑を潜め、亜佐子の目を見た。

「おそらく先方は、損害賠償請求訴訟を起こすつもりだと思います」

請求書には〈名誉権侵害〉と記載されている。この先に訴訟が待っているのは明らかだった。

「じゃあ拒否すればいいんですか」

「そういうわけでもありません」

付け焼き刃だが、オボロもプロバイダ責任制限法について勉強した。最近はSNS絡みのトラブルも少なくないため、いい機会だと思うことにした。

仮に請求された側が拒否したとしても、相手方は情報開示のための訴訟を起こすだろう。そこでプロバイダが敗訴すれば、同意がなくても情報は相手へ開示される。

答えを聞いた亜佐子は「だったら一緒じゃない」と悲痛な声を上げる。

「相手方の請求が合理的でない場合は、当然、拒否が認められるはずです。けれど、今回の場合は……」

オボロの主観では、名誉権侵害は十分、成立する。

何しろ弁解の余地が少ない。造語や、多義的に取れる言葉であれば、その使用経緯を説明することもできる。だが〈ごみ〉〈くそぶす〉〈消えろ〉といった言葉を、罵倒以外の意味で使う経緯は思いつかない。

沈黙に耐えかねたように、再び亜佐子が口を開く。

「たとえば過去に、この声優が駿介にひどいことをしていたら、おあいこになりますか」

「そういう過去があるんですか」

「もしも、の話です」

普通に考えれば、可能性は限りなく低いだろう。

「いずれにせよ対話が必要ですね」

「でも、全然応えてくれないんです、あの子」

途方に暮れた亜佐子がさらに背中を丸める。うつむいた頭に数本の白髪が交ざっていた。

「引きこもりのきっかけはわかっていますか」

「……たぶん、いじめだと思います」

自信はなさそうだ。本人から聞いたわけではないのだろう。

「いじめられやすいんです、あの子。口数が多いほうじゃないし、臆病だし。幼稚園に通っていた頃からそうでした。友達の輪に入れなかったり、おもちゃを取られたり。勉強も苦手です。小学校の高学年になってもカタカナが書けなかったりして、からかわれていたみたいです。仮病で休んだことも何度もあって」

「仮病だとわかっていたんですか」

「頭が痛いとか耳が痛いとか、何度も言うので……きっと仮病です」

何も答えず、オボロは微笑を返した。

「先生にはお子さんがいらっしゃいますか」

「いいえ」

「ご結婚は？」

「未婚です」

亜佐子の目が細められる。不安を表しているようだった。

子どもを育てたことのない者には、親の気持ちはわからない。幾度となく言われてきたことだ。お互い根拠がない以上、オボロも頭から否定するつもりはない。だが、その思い込みに縋《すが》りすぎると、かえって視界を曇らせることがある。

「まずは駿介さんと話をさせてください」

「……できるかどうか、わかりませんが」

亜佐子の顔は、部屋に入る時よりも疲弊の色が濃かった。

私鉄の駅から住宅街までは平坦な道のりだった。十数年前にベッドタウンとして盛んに開発が行われた町で、道路の両側にはややくたびれた建売住宅が並んでいる。午後四時の空は厚い雲に覆われていた。

堀家には徒歩十分少々で到着した。二階建ての住宅は藍色の屋根をいただいている。ささやかな前庭の植え込みは綺麗に整えられていた。インターホンを押すと、「はい」と女性の声が返ってきた。

門扉の向こうにある玄関ドアが開き、亜佐子が顔を出した。

「お待ちしていました」

彼女の顔は二日前に会った時よりもさらに憂鬱の度を増していた。嫌な予感がよぎるが、オボロは笑顔で一礼する。

家に入ると、まずダイニングへ通された。二人の他には誰もいない。

「あの、ご家族は」

あらかじめ、他の家族もできる限り同席するよう伝えていた。引きこもりは個人の問題ではない。母親だけが頑張っても限界があるため、家庭全体で解決に当たるのがベターだ。

「主人は仕事の都合がつかなくて。彰平は、学校が終わったらすぐ帰るようには言ってあるんですけどねぇ」

亜佐子は麦茶をグラスに注ぎながら言った。駿介の父は建材系の商社に勤める会社員で、現在は事業副部長を務めているという。息子たちの育児に関わった経験はない。父親も次男も、駿介のことは亜佐子に押し付けているのだ。自分の知ったことではない、と。この家ではそれが当たり前なのだろう。

「駿介さんの部屋は二階ですか」

「ええ。早速行きますか」

「いえ、確認まで。ところで駿介さんはアニメが好きなんですか」

声優の誹謗中傷《ひぼうちゅうしょう》につながった背景を、少しでも知っておきたかった。

「はあ、まあ、それは。私はよくわかりませんけど、小学生の頃から熱心でしたね。夜の十一時や十二時まで起きて、そこのテレビで見ていたみたいです。そのせいで朝が弱くなりました」

亜佐子の視線の先には、ダイニングとひと続きになっているリビングのテレビがあった。四〇インチほどの薄型テレビ。駿介は、夜な夜なこの画面と向き合っていたのだろうか。

「夜更かしをやめるようには言いましたか」

責められたと感じたのか、亜佐子の表情が硬くなる。

「言っても聞かないんです。一度は部屋に引っこむふりをして、また夜中に起き出してきたり。こっちも眠いし、そんな時間まで見張っていられないですから」

「このアニメのなかで、見ていたものがあるかわかりますか」

オボロは鞄から一枚の紙を取り出す。〈らんこす〉の出演作を一覧化したリストである。所属事務所がネット上に公開しているものだった。オボロ自身もアニメのことはまったくわからない。

亜佐子はリストに目を通すと、「さあ」と漏らした。

「わかりません。息子が見ていたアニメなんて……」

「食事中に話すこともなかったですか」

うーん、とうなるばかりで、はっきりした答えは返ってこない。

「少し調べてみましたが、この辺が有名らしいです」

オボロはボールペンを走らせ、リスト上のいくつかの作品名を丸で囲んでいく。

「聞き覚え、ありませんか」

「ごめんなさい」

駿介の趣味や嗜好《しこう》についての質問を続けたが、亜佐子の反応は鈍い。「知りません」「さあ」という答えばかりで、一向に理解が深まらない。ついには「先生」と質問を遮られた。

「失礼ですが、これって関係あるんでしょうか」

「これ、というのは」

「私たちが話すのも結構ですけど、その、早く部屋から出てきてくれるよう説得してもらえませんか」

思わず呆気に取られた。オボロは引きこもりをやめさせるために来たわけではない。

「あの……確認ですけど、ぼくは駿介さんの代理人として依頼を受けています。お母さんの代理人ではありません」

「どういう意味です？」

「ぼくは駿介さんの利益が最大になるよう動きます。彼が何を考えているか、どうしたいか、それを知らなければ動きようがありません。部屋から引っ張り出すことが目的ではないんです」

「でも、部屋から出ないと話ができないと思うんです。先生だけが頼りなんです。お願いします」

亜佐子は深々と頭を下げた。これでは丸投げだ。

「やり方が強引では、余計に反発を招きかねません」

「そこをうまくやるのが……」

亜佐子は途中で口をつぐんだ。先生の仕事でしょう、とでも言いたかったのか。窓に視線をやると、うっすらと自分の顔が映りこんでいた。疲れた四十前の男がこちらを呆然と見ている。

「開示請求に同意するか、拒否するか。決めるのは駿介さんです」

「未成年なら親が決めるんじゃないんですか」

心底びっくりしたような顔つきだった。

「いえ、本人の意思が最優先です」

「だったらなおさら、先生に何とかしてもらわないと。私にはどうしていいかわからなくて。息子の引きこもりを解決する能力なんてありません。だから先生、どうかお願いします。あの子を出してください」

また頭を下げる。拝み倒しだ。

――そんな方法があるなら、ぼくが知りたいですよ。

喉元まで出かけた言葉をオボロは呑み込んだ。言ったところで状況は変わらない。しばし、沈黙がダイニングを支配した。救急車のサイレンが遠くで響く。とりあえず、情報収集はいったん諦めることにした。

「……駿介さんの部屋に案内してもらえますか」

亜佐子はほっとしたように「もちろん」と言った。

階段の上り口はダイニングを出てすぐの場所にあった。亜佐子が先に立って階段を上っていく。二階には短い廊下があり、左手が夫婦の寝室、右手に兄弟の個室があった。弁護士の訪問についてはすでに伝えてあるという。もっとも一方的に声をかけているだけで、駿介に届いているかどうかは心もとない。

「手前が彰平、奥が駿介の部屋です」

閉ざされた引き戸の前に立つ。耳をすますが、室内から物音は聞こえない。オボロはノックのジェスチャーをする。亜佐子が頷いたのを確認してから、拳でドアを叩く。

「こんにちは。突然、すみません。弁護士のオボロといいます」

戸の向こうから物音は聞こえない。

「堀駿介さんですね。いらっしゃったら返事をしてください」

やはり反応はない。合板のスライドドアが、重く分厚い岩戸に見えてくる。オボロはいったん亜佐子を伴って階段の下まで下りた。

「一人でいきますので、待っていてもらえますか。家族には話せないことでも、第三者になら話してくれるかもしれません」

亜佐子は「どうぞどうぞ」と即答した。ほとんど言いなりだ。

オボロは改めて階段を上り、ドアの前にあぐらをかいた。立っているよりはリラックスできる。

「お母さんには席を外してもらいました。今、ここにはぼくしかいない」

言いながら、駿介にはそれを確認する術はないんだな、とも思う。信じてくれなくてもいい。少なくともオボロにとっては、亜佐子がいないほうがやりやすい。

「あなたの個人情報を求められていることは、知っていますね。あの投稿をしたのは、駿介さん？」

返答はないが、構わず語り続ける。

「〈らんこす〉の出ているアニメ、少し調べたけどたくさんあるね。どれから見ようか迷っているんだけど、おすすめはあるかな」

オボロは出演作のリストを上から順に読み上げる。三十数個のタイトルを読み終えると、廊下は再び静まりかえった。

「とりあえず、有名なやつから見てみるよ。最近はどうやって過ごしているの？」

無言の時間が続く。答えを急かしたくなるのをじっと我慢する。今のオボロにできるのは待つことだけだった。その後もいくつかの話題を投げかけたが、向こう側からは声はおろか、咳も足音も聞こえてこない。

口を開かせようにも、武器が少なすぎる。

「また来るから。連絡したくなったら、いつでもここに」

閉ざされたドアの隙間に名刺を滑り込ませた。メールアドレスと電話番号が記されている。顔は見られず、声も聞けなかったが、自分が来た証拠は渡しておきたかった。

ダイニングでは亜佐子が悲痛な顔つきで待っていた。

「どうでした」

「一切答えてくれませんでした」

「やっぱり」

亜佐子の長いため息には、落胆、失望、そして諦めが含まれていた。こうなることを最初から予期していたかのような。

「駿介さんの写真はありませんか」

少しでも正確に、ドアの向こうにいる少年の姿を想像したかった。

「少し待ってください」

亜佐子はスマホを操作して、オボロに画面を見せた。

「これです」

映っているのは家族写真だった。旅先で撮ったのか、亜佐子と夫、そして二人の息子が海辺に立っている。兄弟は小学生くらいに見えるため、撮影したのは数年前だろう。亜佐子は背が高いほうの少年を指さす。やせ型で、まぶしそうに目を細めた表情には母親の面影があった。

オボロは想像した。写真のなかの少年が、パソコンを使って熱心に作業をしている。SNSでの誹謗中傷だった。声優への罵倒を書き綴る少年の顔を、ディスプレイの光が照らしている。

その時、鐘の音が高らかに鳴った。インターホンだ。

「彰平かも」

亜佐子は玄関へ走った。玄関ドアを解錠《かいじょう》する音と、「ただいま」というぶっきらぼうな声が聞こえた。ぼそぼそと話す声も聞こえる。どうやらオボロが来訪している旨を伝えているらしい。もどかしくなり、自ら玄関へ出向いた。

玄関には白シャツにスラックスの少年が立っていた。虚《きょ》を衝かれたような表情である。リュックサックを背負い、靴を履いたままだった。

「お邪魔しています。弁護士のオボロといいます。彰平さん……ですか」

亜佐子にせっつかれ、少年は頭を下げる。

「あ、えっと、堀彰平です」

声変わり前の高い声だった。駿介の一歳下で中学一年生。時刻はまだ五時前だ。部活などの課外活動はしていないのだろうか。やはり彼も線が細く、目元が母親と似ている。

「すみません。この子、先生が今日来ること忘れていたみたいで」

亜佐子がとりなすが、当の本人は首をすくめただけだった。

「兄ちゃんの話でしょ。おれ、いる？」

「彰平さんにも訊きたいことがあるので」

二人の会話に割って入った。彰平は首をかしげながらも、洗面所で手を洗ってからダイニングに現れた。背丈は一七〇センチ程度か。中学一年生にしては高いほうだ。亜佐子と彰平がテーブルに着いたのを見届けてから、オボロは彰平の正面に腰を下ろした。

「スポーツはやってるんですか」

「あ、ちょっとだけバレー部にいました。でも、夏休み前にやめて」

「今はやってないんだ」

「まぁ、はい。なんか、先輩のいじめとかあったし、怪我もしたんで」

尋ねていないのに言い訳を口にする。その癖も母親と似ている気がした。

「お兄さんの件はどう思いますか」

「え……どう、って？」

「声優の方に誹謗中傷をしたんじゃないか、という件について」

ああ、と間延びした声が彰平の口から漏れた。またも無関心だ。

「……恥ずかしいです、とにかく。学校同じなんで。まだバレてないけど、兄ちゃんがネットで声優に絡んで炎上したとか、知られたくないです。先輩からも目ぇつけられそうだし。勘弁してほしいです」

「お兄さんは学校でいじめられたりしていた？」

「さぁ……わかんないけど、たぶん、いじめられてたんじゃないですか。中学生になってもろくに漢字読めないんですよ。そのくせ、アニメの台詞とかめっちゃ完璧に覚えてんの。マジで気色悪い」

亜佐子は悪態をつく彰平をたしなめようともしない。オボロの胸のうちで不快感がふくらんでいく。

「じゃあ、お兄さんはどうしてそんなことをしたと思う？」

「え、おれ？　おれが知るわけないですよ。本人じゃないから」

「わかってるよ。正解なんて訊いていない」

つい、刺々しい言葉が口を衝いて出た。

いつもなら我慢できた。しかも相手は子どもだ。だが、この家を覆っている無解さへの怒りが、沸点を超えた。涼しい顔をしていた彰平は急に怯え、亜佐子は狼狽したように視線を泳がせる。

——しまった。

これ以上続けても有益な情報は得られない。今日は帰ることにした。

辞去を告げると、亜佐子が玄関まで見送った。革靴を履こうとしたオボロに、彼女は「先生」と呼びかけた。

「期限まであと十日ですけど。本当に解決できますか」

「……いいですか」

胸のうちから湧き上がった言葉を呑み込むべきか迷ったが、あえて吐き出すことにした。いい加減、はっきり言っておかねばならない。

「本気で解決したいなら、家庭全体の関与が必要です。解決するのは弁護士ではなく家族の皆さんです。だから、ご家族全員に出席していただきたかった。もう一度よく話してください」

亜佐子は神妙な顔つきで聞いていたが、どこまで響いているかは読めない。三日後に再び訪問することを約束して、オボロは堀家を去った。

少し離れた場所から一軒家を眺めてみる。駿介の部屋の窓が見えたが、カーテンが閉ざされていて室内は窺えない。家族写真に映っていたあの少年は今、どんな表情をしているだろう。

それにしても、なぜ亜佐子や彰平の態度にあれほど苛立ちを覚えたのか。いつもなら言わないようなことまで口にしてしまった。改めて振り返ってみると、二十年以上前に出会ったある少年のことが頭をよぎった。

少年とオボロは当時、同じ紺色のジャージを着て生活していた。彼が今どこで何をしているのか、知る術はない。

腕を組んで事務所のパソコンを睨む。ネットに広がる情報の海と格闘して、すでに一時間が経っていた。

まず、情報開示請求の根拠となった投稿を確認しようとしたが、そもそもSNSアカウントそのものが消えていた。駿介自身が削除してしまったらしい。だからといって、中傷の事実が消えるわけではないが。

次に、駿介のアカウント名を〈らんこす〉の名前と一緒に検索してみると、投稿をスクリーンショットした画像が見つかった。掲示板やブログ記事に掲載されているもので、〈炎上の証拠〉として記録されているらしい。駿介の投稿は、請求を受ける前から炎上騒ぎになっていたのだ。

記事を拾い読みすると、駿介は幾度かにわたって執拗に中傷を繰り返していたことがわかった。それに対して声優ファンたちが非難の投稿を行い、炎上したようだ。〈らんこす〉側も当初は静観していたが、堪忍袋の緒が切れた、というところか。

画像が記録されていたおかげでいくつかの投稿は発見できたが、もっと見てみたい。ヒントが隠されているとすればそこだ。しかし削除された投稿を、どうすれば閲覧できるのか。

隣の席ではパラリーガルの原田が事務作業をしていた。二十代なら、オボロよりはネットに詳しそうだ。

「ごめん原田くん、話しかけてもいい？」

「なんでしょう」

「魚拓、ってどうすれば見られるか知ってる？」

しばし、原田は怪訝そうにオボロを見ていた。銀縁眼鏡のレンズが光る。

「あ、釣りの話じゃなくて。複製保存されたサイトをウェブ魚拓って呼ぶらしいから」

慌てて経緯を説明する。原田は背筋を伸ばして話を聞いていた。

「要するに、削除された投稿を見たいってことですか」

「そう。そうです」

「時間が経っていたら基本、無理だと思いますよ」

すげない返答である。オボロの肩から力が抜けていった。

「そうか。そりゃ、そうだよね……」

「でもその子、炎上したんですよね。誰かがログを残していたら可能性はあります。アカウント名、教えてください」

落胆したオボロを哀れに思ったのか、原田は自分のパソコンで作業を開始した。

「一応、検索サイトのキャッシュ見てみますね……さすがに残ってない。じゃあ、SNS内で検索してみましょう。いくつか出てきましたね。次、ここのサイトにログがないか見てみましょうか。えーっと……あ、あった。炎上前後の投稿みたいですね。誰かが保存していたみたいです。こういう炎上騒動では、野次馬が勝手に証拠を残すことがよくありますから」

原田は解説しながら、数十もの投稿を見つけ出した。相談してから十分とかかっていない。その手際のよさに、ディスプレイを横から見ていたオボロはただ感心した。

「ありがとう。助かった」

「URLはメールで送っておきます。参考にしてください」

「原田くん、こういうの得意なんだ？」

「いえ。普通です」

SNSに親しんだ若者なら、これくらいできて当然ということか。原田は追加の質問を拒むように席を立った。オボロは深追いせず、自分のパソコンに向き直る。スタッフのプライベートに踏み込む気は毛頭ない。

ＵＲＬから過去の記録にアクセスし、目を通していく。開示請求書に記載されていた投稿はすぐに見つかった。それ以前にも似たような中傷が投稿されている。

〈らんこすの声が生理的にむり。〇んでくれ。〉

〈へたくそすぎる、演技きけばだれでもわかる。ダムブラも枕でもらった。消えろ。〉

幼稚極まりない言葉は、いずれも〈らんこす〉のアカウントへの返信として投稿されていた。明らかに悪意がある。念のため声優側の情報も探してみたが、枕営業はおろか、交際報道すら見つからなかった。やはり根拠はないようだ。

投稿を読んでいると、ダムブラ、という聞き覚えのない単語が何度か出てきた。検索してみるとあるアニメの通称らしい。〈ダムド・ブラッド〉というのがタイトルで、その略称のことだった。コミック原作の〈ダムブラ〉は一年ほど前に地上波で放送されており、忌まわしき魔族の血を引く少女が活躍するダークファンタジー、という触れ込みだが、あらすじだけではピンと来ない。

〈らんこす〉の出演作リストには確かに〈ダムブラ〉があった。駿介はこのアニメのファンなのだろうか。

配信サイトをのぞいていると、ふいにスマートフォンが震えた。なぜだか、サボっているのがばれた時のようなばつの悪さを感じる。

「あのう、朧太一先生でしょうか」

声の主は、駿介の中学校の担任教師だった。なかなか捕まらないため、代理で出た教頭に携帯の番号を伝えておいたのだ。学校に連絡を取ることは、炎上騒動のことを話さないという条件付きで亜佐子の許可を得ている。

「お忙しいところすみません。お訊きしたいことがありまして」

「弁護士さん、ですよね。堀のことで何か？」

「ご家族から頼まれまして。お訊きしたいのは……」

有無を言わせず話を進める。勢いに呑まれたか、相手はもう詮索してこなかった。

家族の証言から、オボロはある仮説を立てていた。

駿介はたびたび頭や耳の痛みを訴えるという。カタカナや漢字を覚えるのは苦手。

そして彰平は、兄についてこう言っていた。

——アニメの台詞とかめっちゃ完璧に覚えてんの。

同じ特徴を持っていた少年を、オボロは知っている。

担任教師から話を聞いたオボロは、礼を言って通話を切った。手帳に残したメモを読み返し、仮説を頭のなかでなぞる。本人と対話していないのに、わかった気になってはならない。だが、対話をはじめるためのきっかけ程度はつかめた。

「さっきの投稿、手掛かりになりましたか」

席に戻ってきた原田が、顔色を変えずに尋ねた。

「ありがとう。助かった」

「でしょうね。なんか嬉しそうですから」

反射的に顔を触った。無意識に微笑んでいたらしい。

とりあえず、今夜は配信サービスで〈ダムブラ〉を視聴することに決めた。


堀家を再訪したオボロは、まっすぐに二階へ向かおうとした。階段を上りかけたその背中に、亜佐子が「先生」と呼びかけた。

「あと一週間ですけど……大丈夫ですか」

平日の正午過ぎ。他の家族はいない。オボロは足を止めて振り向いた。

「一階でお待ちください」

亜佐子はまだ何か言いたげだったが、黙ってダイニングへと去った。

前回と同じように二階の廊下であぐらをかく。

「こんにちは。駿介さん、聞こえますか。オボロです」

耳をすますが、やはり物音は聞こえなかった。それでも閉ざされた部屋の向こうへと語り続ける。

「〈ダムド・ブラッド〉、見たよ。駿介さんも見たことあるよね」

配信サービスで、全十三話を二晩かけて視聴した。

「ミステリーの要素もあって、最後までずっと面白かった。それに、映像もあんなに綺麗で滑らかに動くんだね。ぼくが子どもの頃とは別物みたいだ」

感想に嘘偽りはない。実際、オボロはずいぶん久しぶりにアニメを楽しんだ。〈らんこす〉が演じるキャラクターはストーリーの鍵を握る役で、準主役級と言っていい。演技の良し悪しは判別できないが、罵倒されるような出来ではなかったと思う。

オボロは思いつく限りのことを話しかけた。物語のテーマやキャラクターの行動について、自分なりの解釈を披露し、駿介に意見を求めた。だが一向に反応はない。延々と一人で語っていると、さすがに虚しくなってきた。

「じゃあ、これだけ教えてほしいんだけど」

最後にとっておきの質問をする。

「最終話でさ、『ここには私以外誰もいない』って台詞があるじゃない。あれ、どういう意味なのかな。考えたけどよくわからなくて」

ラスト付近、〈らんこす〉演じる少女が発する台詞だった。少女の心象風景が流れていく難解な場面で、前後の出来事とのつながりもない。ネットでも匿名の人々が考察を披露していたが、意見は割れている。

駿介がこのアニメのファンなら、何か言わずにいられないはずだ。オボロはそう踏んで質問した。一言でも口を開かせるために。

「どう？　覚えてないか」

挑発めいた問いかけにも答えはない。

——ダメか。

別の話題へ移ろうとした時、小さな咳払いのような音が聞こえた。慌てて耳を近づける。気のせいではない。確かに音がした。

「ごめん。もう一度、言ってくれるかな」

「……がんぼう」

少年のかすれた声は、確かにそう言った。とっさに漢字へ変換する。

「がんぼうって、こうだったらいいなっていう、願望？」

「『ここには私以外誰もいない』って台詞は、実際にあった台詞じゃなくて、こうだったらいいなっていう空想なわけ。最終話はほぼ全編が空想でできている。現実の記憶もごちゃごちゃになってるからわかりにくいけど。だからあの台詞はあくまで願望で、それは好きだって気持ちの裏返しなんだよ」

さっきまで静まりかえっていたドアの向こうから、マシンガンのように言葉が飛んできた。話さずにはいられない、という衝動が感じられる。滑舌が悪く早口だが、オボロはどうにか聞き取った。

「すごいね。そこまで考えつかなかった」

「ちょっと考えればわかる……わかります」

相手が大人だということを思い出したのか、急に敬語へと変わった。

「〈ダムブラ〉はテレビで見たの？」

「本放送と、動画サイトで」

「よく、このアニメが面白いってわかったね」

「覇権候補だったんで」

会話が成立している。逸《はや》る気持ちを押し止《とど》め、しばらくアニメについて話した。オボロの質問に対して、駿介は丁寧に答える。しゃがれた声は変声期特有のものらしく、時おり苦しげな咳払いが交ざった。

「喉、大丈夫？　調子悪いのかな」

「別に……普通です」

とりあえず話ができるようになったのは一歩前進だ。次の悩みは、どうやって本題を切り出すかである。ここで焦れば、振り出しに戻りかねない。手ごたえはあったが、今日は深入りしないことにした。

「あ、そろそろ行かないと。楽しかったよ。ありがとう」

三十分ほど経ったあたりで頃合いと判断した。挨拶の一つも返ってくるかと期待したが、廊下は再び沈黙に覆われた。

階下のダイニングでは息詰まる表情の亜佐子が待っていた。これからもう一つ、大事な用件がある。向かいの席に着いたオボロは麦茶に口をつけた。

「少しだけ話ができました」

「本当ですか！」

顔の上に驚きが現れる。盗み聞きはしていなかったらしい。

「なんて言ってました？　どうしてあんな投稿をしたのか」

「〈ダムブラ〉というアニメの話をしただけです。本題はまだ」

「まだ……そうですか」

亜佐子はとたんにうつむいた。

「また、数日後に来ますから」

「あのう、本当に申し訳ないですけど、できれば急いでもらえませんか。この一週間、どうなるか不安で眠れないんです。お願いします」

頼まれるまでもなく、できるだけ早く解決できるよう動いている。そのためにも、駿介を理解する手掛かりが必要だった。

「今日はもう一つ、話しておきたいことがあります」

暗い目をした亜佐子は、まだ何かあるのか、と言いたげだった。

オボロは中学校の担任教師への聞き取りについて、簡単に話した。

一年時から持ち上がりで担任を務めている教師は、駿介の成績もよく覚えていた。すべての科目で落第点だが、なかでも英語は学年で最下位だった。スピーキングの練習では、簡単な文章でも一語も話せなかったという。

思い切って、いじめの有無についても尋ねた。

――私が知る限りは、なかったです。こういう言い方をするとなんですが、どちらかと言うと、呆れられていました。皆が思っている以上に勉強ができなくて、かわいそう、と思われていたような雰囲気で。居場所がなかったという意味では、いじめだと言われるかもしれませんが……。

　担任教師は慎重に、だが真摯に答えてくれた。立場上いじめの存在を認めたくないというのもあるだろうが、単なる否定ではなく、その発言にはリアリティが感じられた。そしてオボロの仮説を裏付けるような証言でもあった。

　話を聞き終えた亜佐子は、返事の代わりにため息を吐いた。

「何が言いたいんですか」

「あくまで可能性の話ですが、駿介さんはディスレクシアかもしれません」

　亜佐子は呆然とした面持ちで瞬きを繰り返す。

「……はい？」

「発達性読み書き障害とも言います。知的能力には特に問題がなくても、文字の読み書きに難しさを伴う障害です」

「先生は、駿介に障害があると言いたいんですか」

「だから可能性の話です」

「ふざけないでもらえますか」

　亜佐子の顔は蒼白になっていた。唇が震えている。

「あの子は成績が悪いですけど、知的障害なんて」

「落ち着いてください。知的能力に障害があるとは言っていません。ただ、文字の読み書きが苦手なのかもしれない、という話です。ディスレクシアは珍しいものではありません。英語圏では一割前後の人が抱えているという調査結果もあります」

「何を根拠に」

亜佐子は今にも卒倒しそうだった。

「一概には言えませんが、たとえば、文字が覚えられない、文章を読むのにとても時間がかかる、などが代表的な例です。音読が苦手、というのも多くの場合に見られるそうです。これらの特徴はすべて、ご家族や担任の先生から聞いた話と合致します」

「全部人づてでしょう。直接会ったこともないのに」

「引きこもりの理由もそこにあるかもしれない。学習についていけず、周囲と違うことに思い悩んでいたことが引き金になったとは考えられませんか」

「そんなの、わからない！」

堂々巡りだった。何をどう言おうと、今の亜佐子には通じない。彼女は息子を侮《ぶ》辱《じょく》されたと思っている。

「昔の知り合いで、似た特徴を持った人がいました」

オボロは二十年以上前に出会った少年を振り返りながら、語る。

「彼とは少年院で出会いました。ひらがな以外はほとんど読めず、文章では文字の大きさがバラバラに見える、と言っていました。今思えば、ディスレクシアだったのだと思います。当時は誰も思い至りませんでしたが」

亜佐子は黙って聞いている。

「一方で、彼は非常に耳がよかった。作業で使う機械のロットをすべて聞き分け、ちょっとした故障も異音で察知しました。他の少年や、教官からも信頼されていた。知的能力には問題なかったし、模範的な少年として出所していきました」

もちろん、ディスレクシアであるすべての人が優れた聴力を持っているわけではない。オボロが伝えたかったのは、ディスレクシアだからといって、当事者の人生が台無しになるとは限らないということだ。

だが、亜佐子の顔に納得の色は浮かんでいない。両肩にのしかかる徒労感が、重い。

「待ってください。今のは、先生が担当したお子さんの話ですか」

事実を話すべきか迷ったが、打ち明けることにした。ここでごまかせば、後でばれた時に余計気まずい。

「彼と出会ったのは、ぼくが少年院にいた頃です」

「えっ……ちょ、ちょっと。あなた、少年院に入っていたんですか？」

案の定、亜佐子は裏返った声で拒絶反応を示した。

「そうです。聞いてもらえますか」

オボロは、家族ぐるみの空き巣に手を染めた過去を話した。当時、そこにオボロ自身の意思はなかった。言われるまま他人の家に侵入し、窃盗を働いた。罪は露見し、少年院に入り、さまざまな少年たちを目にしてきた。

「そういう人間が弁護士になっていいのか、という考えもあるでしょう。ですが、そういう人間だから理解できることもあると思っています。ぼくが人生の一時期、少年院に入っていた過去は消せません。ならば、少しでも経験を活かせる仕事をしたい。その選択肢の一つが弁護士なんです」

付添人としての弁護士は、司法の場で少年をサポートする立場だ。少年院には、付添人への感謝を述べる者も、呪詛《じゅそ》を吐く者もいた。そもそも付添人が付かずに少年院まで送られてきた者もいた。そういった話を耳にするにつけ、この少年たちを――過去の自分を支えられるのは、弁護士しかいないと確信するようになった。

「少年院にいたことは事実ですが、すべてではありません。どうかそれだけは理解してください」

沈黙だけが漂っている。室内が真空状態になったかのようだった。

喉の渇きを覚え、麦茶の入ったグラスに手を伸ばす。反射的に、亜佐子はさっと腕を引いた。彼女の顔にははっきりと怯えが浮かんでいる。

ああ、とオボロは心中で嘆息した。少年院にいたという過去だけで、相手の態度が豹変《ひょうへん》したことは一度や二度ではない。反応は大きく二つに分かれる。軽蔑。あるいは、恐怖。亜佐子の場合は後者だった。

「……どうして、黙っていたんですか」

静かな水面に石を投げるように、亜佐子はぽつりとつぶやいた。

「そんなに堂々と話せるなら、最初から言ってほしかったです」

「弁護士が、自分の過去を洗いざらい話しますか。趣味や家族や職歴について明かしますか。それは仕事の本質ではありません」

「だとしても、感情的に嫌なんです」

小さいがはっきりとした声だった。そう言われれば、返す言葉がない。

亜佐子は「申し訳ないんですけど」と前置きしたうえで語りだした。

「先生が少年院にいたと聞いて困惑しています。もっと言えば、怖いです。要は犯罪者ってことですよね。それが先生の全部じゃないということも、頭では理解しますけど、だからといって怖さはなくならないんです。本当に申し訳ないんですけど」

よく見れば、引っこめられた亜佐子の手の先は震えている。彼女の言葉に偽りはないのだろう。頭で考えるだけでは氷解しない偏見もある。むしろ、当事者の言葉ひとつで消えるような偏見なら、とうになくなっているだろう。

おもむろに、亜佐子は頭を下げた。

「今日はお引き取りください」

彼女の顔には疲労が張りついていた。夫からは家庭を丸投げされ、息子とは心が離れ、苦悩を一人で抱え込んできた亜佐子にとって、オボロの発言は荷が重かったのかもしれない。

言われるがまま、オボロは堀家を後にした。そうするしかない。二階にある部屋のカーテンは今日も閉ざされていた。

淡々と足を動かし、駅への道のりを歩く。駿介との会話には成功したが、母親の反応があれでは、今日にも解任されるかもしれない。途中で解任された経験は幾度かある。その度、目の前に壁がそびえたつような無力感を突きつけられてきた。

どうやら、今回もそうなりそうだ。

曲がり角の手前で、見覚えのある少年が現れた。夏物の学生服を着た線の細いシルエット。駿介の弟、彰平だった。目が合うと、彰平は一瞬足を止めた。戸惑いを顔に浮かべたまま、会釈をして通り過ぎようとする。

「ごめん、ちょっといいかな」

思わず呼び止めていた。彼には訊いておきたいことがある。解任されれば無駄になるかもしれないが、そうだとしても知りたかった。彰平は「おれですか」と振り向き、顔を迷惑そうにしかめた。

「弁護士さんですよね。用事あるんですけど」

「立ち話でいい。すぐ終わるから」

彰平の視線が弁護士バッジに留められたのがわかった。無言の彰平に、オボロは問いかける。

「駿介さんがアニメの台詞を完璧に覚えていたと言ったよね。それって、よくあることなのかな」

えー、と言いながら彰平はあさっての方角を見た。

「わかんないですけど。結構昔からやってました。十歳とか」

「どうして、台詞を覚えていたとわかるの？」

「だって得意そうに聞かせてくるんですよ。しかも、キャラごとに声とか変えて。一人で何役も使い分けて、目の前で演じてみせるんです。気持ち悪くないですか？　中学生になった辺りでやめましたけど」

家族写真の駿介が、弟の前で声色を変えて演じている光景を想像した。アニメの台詞を丸暗記して、しかも演じ分けるのは並大抵の手間ではないだろう。

「それは……声優の真似ってこと？」

「えー？　何か言ってた気がするけど、覚えてないです。あの人の話、あんまり真面目に聞いてないんで」

投げやりに言った彰平は、自宅の方角にちらちら視線を送っている。一刻も早く解放してほしい、と無言で伝えていた。彼にとっては、兄の引きこもりなどどうでもいいのだろう。自分に実害さえなければ。

「ありがとう。もういいよ」

オボロが言うと、彰平は会釈をして足早に去った。

——そりゃあ、引きこもりたくなるよな。

痩せた学生服の背中を見送りながら、オボロは駿介の孤独に己を重ねた。


それからしばらく、堀家からの連絡は絶えた。

オボロは別件の意見書作成や調査官との調整で忙しい日々を送りながら、手掛かりを求めてSNSをさまよった。悪あがきと知りつつ、〈らんこす〉の膨大な投稿を振り返り、駿介の暴言を少しでも擁護できる要素がないか探した。

催促も解任通告もないまま、三日間が過ぎた。

昼下がり、裁判所から事務所へ戻ったオボロは、スマートフォンから亜佐子の番号にかけた。仮に開示請求を拒否するなら、それなりの理由が必要になる。書面作成の期間を考えると、そろそろ判断のリミットだった。

三十秒ほどコール音が鳴ってから、ようやく相手が出た。

「……もしもし」

亜佐子の声には張りがなかった。

「プロバイダへの回答ですが、まずは開示拒否で返信するしかないと思います。当人の確認が取れない以上、書き込みの事実があったとは断言できないので。相手は開示のために訴訟を起こすでしょうから、その間に事実を明らかにしましょう」

オボロの提案は苦肉の策だった。〈当人の確認が取れない〉などという理由で相手が納得するはずもなく、時間稼ぎにしかならないだろうが、駿介との対話が成立していない以上は他に手がない。

「それしかないんですね」

力ない答えが返ってくる。彼女の声は疲れきっていた。

「あれから、変化はありましたか」

「ないですけど……少しだけ勉強しました。ディスレクシアのこと」

そのひと言だけは、わずかながら力が込められていた。

「調べてくださったんですか」

「本当に少しだけ。よくわからないですけど、確かに駿介と似ている子たちもいるみたいですね。まだ納得はしていませんよ。ですけど、仮にそうなんだとしたら、とっても生きづらかっただろうなと思って。ちょっとだけあの子のことが理解できた気がしたんです」

相槌を打つのも忘れて聞き入った。亜佐子は亜佐子なりに考えている。父も弟も見放すなか、母だけは駿介を諦めていない。

「対応は先生にお任せします」

電話の向こうから洟をすする音が聞こえた。どうやら、解任されずに済んだらしい。その日のうちにオボロは回答書の案を作成し、電子メールで亜佐子に送った。

仕事はこれで終わりではない。

――むしろ、これからだよな。

午後十時、誰もいない事務所の戸締りをして帰途についた。

自宅マンションは事務所から徒歩十分の場所にある。途中でコンビニに寄って夕食を買い、ワンルームで弁当を食べた。

洗濯機を回し、シャワーを浴び、脱水した衣類を浴室に干す。誰かと一緒に住んでいれば、こういう作業も分担できるのだろうか。想像はするが、他人と暮らす未来はこれからも訪れそうにない。

一人で過ごすことにはとうに慣れている。二十年以上、オボロは一人で生きてきた。むしろ今さら誰かと暮らすほうが怖い。少年院を出てからというもの、生活域に他人がいるという状況を経験したことがない。

ふと頭をよぎったのは、笹木実帆のことだった。

彼女と出会ってから半年以上が経つ。

かつて笹木が自宅に住まわせていた少女たちは、オボロが仲介して全員家に帰した。家出した少女を説得し、同時に家族との関係を修復するのは簡単ではなかった。最後の少女が巣立ったのはつい先月のことだ。

笹木と出会うきっかけとなった少女――大川ひなたは今も母方の実家で母、姉と暮らしている。父親からは家に戻ってくるよう懇願されているそうだが、三人とも取り合っていない。ひなたの母は近いうちに離婚する予定で、オボロは離婚調停の代理人も依頼されていた。専門外だが、これも経験と割り切って引き受けている。

いつからか、オボロと笹木の間には信頼が生まれた。次第に仕事以外のことも連絡しあうようになり、打ち合わせと称して居酒屋やレストランで食事をすることが増えた。

オボロは少年院にいた過去も両親のこともすべて話したが、彼女の態度はそれまでと変わらなかった。笹木もまた、幾度目かの食事で自分の過去を明かした。

──中二の夏頃から、父親が寝床に入ってくるようになって。

アルコールが入った笹木の目は潤んでいた。

──最初は足や腕をさすったり……でも、どんどんエスカレートして……。

話しながら、笹木は涙を堪えていた。

彼女がかつて家出を繰り返していたのは、ネグレクトや身体的な虐待だけが原因ではなかった。背景には、父親からの性的虐待があった。オボロは黙って彼女を見ていることしかできなかった。

二人とも、幼い頃に欠けたものを埋めるように生きてきた。オボロは少年事件を手がけることで。笹木は少女たちを匿うことで。胸のうちに熱いものが広がっていた。もしかすると、一緒に生きていけば、互いの欠けた部分を補いあえるかもしれない。

ただ、それはオボロの一方的な想いに過ぎない。口にしたことも、交際をほのめかしたこともなかった。自分のような人間が、他人と生きてもいいのだろうか、という罪悪感もあった。一人のほうが気楽だし、誰にも迷惑をかけずに済む。今はそう思っている。

明日も早い。着古したTシャツにハーフパンツという格好で床に就くと、十数える間もなく眠りに落ちた。

シングルベッドで眠っていたオボロが着信音に起こされたのは、夜明け前だった。いつ緊急連絡が来るかわからないため、仕事用のスマートフォンは眠る間もマナーモードにしない。表示されているのは見知らぬ番号だったが、躊躇なく出た。

「もしもし」

沈黙が続いた。極度に緊張しているか、あるいはイタズラか。オボロはベッドに腰かけ、辛抱強く待った。

「……すか」

ふいに、言葉の末尾だけが聞こえた。かすれた声は記憶に新しい。

「ごめん。今、何て言ってくれたのかな」

「オボロさんですか」

先ほどより明瞭に聞こえる。紛れもなく、スライドドア越しに聞いた声だった。

「堀駿介さんですね」

「あ、うん……そうです」

「電話をくれてありがとう」

相手は咳払いをしたが、喉のかすれは直らない。照明を落とした室内で、オボロは闇と向きあっていた。

「あの、すみません」

しおらしく口にした謝罪の言葉は、本来、あの声優に向けられるべきではないか。ネット上のふるまいが現実と一致しないことはオボロも承知している。生身の駿介は、生きることに疲れたひ弱な少年だった。

「話したいことがあるのかな」

そう言うと、再び押し黙った。リモコンで部屋の照明をつける。まぶしさに目が慣れてきた頃、駿介は意を決したように声を発した。

「……開示請求、来たんですよね」

「うん。心当たりはある？」

「あります」

震えた声が聞こえた。自然と、胸から空気が吐き出される。変わろうとしているのは亜佐子だけではない。彼もまた、部屋のなかから助けを求めることを選んだ。

やってきたことは、無駄ではなかった。

「あんな投稿をしたのは、声優の仕事に興味があるから？」

彰平に聞いたエピソードからの連想だった。台詞を暗記して、キャラクターを一人ずつ演じ分ける。それは声優がやっていることと同じだ。駿介の返事はなかったが、オボロは話を進めた。

「〈らんこす〉の過去の投稿を探したけど、駿介さんを弁護できる材料は見つからなかった。ただ、ちょっと気になるものがあった」

オボロはプリントアウトした紙を鞄から取り出し、読み上げた。そこには昨年夏の投稿が印刷されている。

〈おはようございますっ。昨日は台本読みでした。読み上げながら役に入っていくのが大好きで、のめりこんでしまいました。朗読のお仕事も近々発表されると思います。今日も暑いので熱中症にはお気をつけて！〉

「この投稿は知っていた？」

やはり返事はないが、駿介の〈らんこす〉への中傷がはじまったのはこの直後だ。タイミングは合致している。

「もしかしたら、駿介さんはこの発言に傷ついたんじゃない？」

オボロ自身ならまず読み飛ばす内容だ。だが、ディスレクシアがある者の気持ちになれば見え方が変わってくる。

文章を読むのが苦手な駿介に、台本読みは難しいだろう。朗読もそうだ。少年はその事実を改めて突きつけられ、声優への夢を断たれたような気がしたのではないか。敬愛する声優の発言ならなおさらだ。

当然〈らんこす〉には悪気も罪もないため、中傷を正当化することはできない。だが、駿介の気持ちに寄り添うことはできる。

「……バカだから」

沈黙の後で、苦しげな声がこぼれ落ちた。

「おれ、バカなんです。ひらがなは読めるけどカタカナはたまに間違えるし、漢字は全然覚えられないし。だから台本なんか絶対読めない。台詞とか全部覚えて、調子乗ってたのが急に嫌になって」

「バカじゃない」

ワンルームにオボロの声が響いた。

「台詞を暗記して演じ分けるなんて、誰にでもできることじゃない。バカじゃないよ」

それは過去の自分へのメッセージでもあった。高卒認定試験の勉強をしている時、自分自身が「バカ」と呪ってくる幻聴を何度も耳にした。「年少上がりには無理」「弁護士になれるわけがない」そういう言葉も聞いた。あの時、不安を打ち消してくれる人がそばにいてくれたら。

オボロはディスレクシアについて説明した。少年院で出会った、あの少年と話している気がした。黙っているが、駿介が話に集中している気配は感じる。

「……だから、あなたはバカじゃない。ぼくが保証する」

沈黙の後、じきに駿介のすすり泣きが聞こえてきた。

「でも、おれ、普通じゃないんです」

嗚咽交じりの声に耳をすます。核心に近づいている感覚があった。

「緊張すると、頭とか耳とか痛くなるんです。ずっと昔から。特に人混みが苦手で。街に行ったりすると、しばらく耳がわんわん鳴って、頭が痛くなってくるんです」

いわゆる聴覚過敏だろうか。同じようなことを亜佐子からも聞いた。

「お母さんから仮病だと言われたことはある?」

「いつもそうでした。誰もおれの話、聞いてくれないんです。頭が痛いのは仮病。字が読めないのはバカだから、勉強が足りないから。そう怒られるんです。たしかに頭は悪いけど、嘘は言ってないのに。誰も信じてくれない」

駿介はずっと叫び続けていた。だが、その声を聞く者はいなかった。バカだから、というレッテルで耳を封じて、誰も正面から向き合おうとしなかった。

「ネットに炎上ネタを書き込むと、だいたいリアクションがあるんです。それも過激なほうがいい。ブスとか消えろとか書くと、絶対、誰かから反応が来るから。そういう時だけ、おれの声ちゃんと届いてるじゃん、ってわかるんです。ヤバいですよね。自分でもわかってます」

個室にこもった駿介は、たった一人で孤独と闘っていた。苦しみ、もがき、ネットの海に救いを求めたその結果が、炎上だった。

しかし今、彼は己の苦しさを自覚しはじめている。出口は見えている。

「駿介さん。開示請求の回答なんだけど……」

「同意してもいいです」

思いがけない回答だった。思わず「本当に？」と訊き返す。

「拒否しても、訴えられるんですよね。だったらもう伝えてください。本当におれがディスレクシアなんだとしたら、それだけの理由で引きこもってるのもしょうもないし。だって、ただ文字が読めないだけですもんね」

駿介のひと言は、オボロの胸を打った。

ただ文字が読めないだけ。その通りだ。もしかしたら、亜佐子だけでなくオボロもまた、ディスレクシアという言葉に身構えていたのではないか？　まだ診断も下っていない。何もわからず、何もはじまっていないうちから、あれこれ考えすぎていたのは自分ではないか？

「ぼくは駿介さんの代理人だから、駿介さんの希望にはできる限り応える。それでいいんだね」

「はい。あ、あと」

「どうした？」

「見たい劇場版があるんで、早く出ないと。もうすぐ公開終わっちゃうから」

通話がはじまってから、オボロは初めて笑った。

予定を確認し、翌日に堀家を訪問することを約束した。そこで亜佐子と話し合い、回答書の文面を確定させる。回答書を送れば、プロバイダはすぐに個人情報を相手に開示するだろう。手続きの流れを説明する間も、駿介は冷静に相槌を打っていた。頭が悪いどころか、理解力は人並み以上だと感じられた。

いつのまにか空は白みはじめていた。夜が明けようとしている。

「どうして、ぼくに電話をかけてくれた？」

通話を終える間際、オボロはつい、そう尋ねていた。

「先生、少年院でおれみたいなやつを見たんでしょう」

ああ、と応じる。亜佐子から聞いたのだろう。

「それ聞いて安心したんです。やっぱり文字読めないのおれだけじゃないんだ、って。そういう人でも少年院出て、やっていけるんだとわかると、気が楽になったって言うか。もっとその話が聞きたくて」

かすれた声がオボロの耳朶《じだ》を打った。

今はもう、顔も思い出せない少年。二十数年前に彼が口にした言葉がよぎる。

――おれは文字が読めないけど、でも生きてる。

当時わからなかったその言葉の意味を、ゆっくりと噛みしめる。

明け方の空気は冷たい。夏の終わりの部屋に、朝日が差していた。

「どうしてもダメですか」

亜佐子は眉を落として懇願するが、「すみません」と言うしかなかった。数か月ぶりに息子と対面で話すことができるチャンスなのだから、母親としては何としても同席したいだろう。しかし家族がいれば駿介は出づらくなるかもしれない。それに、亜佐子が冷静でいられるとは限らない。顔を見れば何かと言いたくもなるだろうし、その一言でまた心を閉ざすかもしれない。

「今日は我慢してもらえませんか」

そのやりとりを幾度か繰り返した末、不承不承ではあったが亜佐子は納得した。彼女をダイニングに残し、オボロは二階への階段に足をかける。階段を上って、右奥。以前と変わらず合板のドアが待っていた。

呼吸を整え、二度ノックする。

「オボロです」

返事はないが、闇に話しかけているような虚しさはなかった。扉の向こうで耳をそばだてている気配を感じる。スラックスの膝を折り、あぐらをかいた。

「回答書の確認は済んだよ。損害賠償の請求も、引き続きぼくが対応することになった」

「……はい」

短いが、確かに応答があった。

「ここにはぼくしかいない。約束する。だからもしその気になったら、開けてほしい。一センチでもいい。ここにいる、ぼくの顔を見てくれないか」

自分が会いたいかどうかではない。相手が、顔を合わせてもいいと思うかどうか。駿介が引きこもっているのは、きっといじめが主因ではない。あらゆる無理解に囲まれ、行き場をなくした彼には自室しか残されていなかった。それでも彼はまだ、他者への期待を捨てていないはずだ。そうでなければ炎上騒ぎなど起こさない。

「……外は暑いですか」

かすれ声が聞こえた。

「夏はもうすぐ終わるよ」

たっぷりと間を空けてから、施錠を解く金属音が聞こえた。スライドドアが音もなく開いていく。隙間が少しずつ広がる。

散らかった部屋を背に立っているのは、痩せた長髪の少年だった。皺だらけのポロシャツに、膝の抜けたジャージを穿いている。家族写真で見た顔から少し大人びていた。唾を飲んでいるのか、小さい喉仏がしきりに動く。

「はじめまして」

真っ青な顔の少年に、オボロは自然と笑いかけていた。

「改めて、声を聞かせてくれないか」

第五話

少年だったぼくへ

「朧太一さんですね」

警察からの電話を受けた時、オボロは法律事務所にいた。正午過ぎ、自分のデスクで作業をしながら、ランチは何を食べようかと考えているところだった。隣の席の原田はすでに持参した弁当を食べている。

「そうですが」

手のひらが汗ばむのを感じる。今まで、警察からの連絡が吉報であったためしなどまずない。相手の男はたっぷりと間を取ってから告げた。

「えー、広本和世《ひろもとかずよ》さん、ご存じですよね。先日ですね、ご自宅で亡くなっているのが発見されました」

その名前を聞いたのは本当に久しぶりだった。急速に口のなかが乾いていく。身震いしそうなほど腹の底が冷える。原田の視線を感じたが、取り繕う余裕はなかった。

「広本さんの息子さんですよね」

答えられない。認めたくないが、否定もできない。

「ご遺体の引き取りをお願いしたいのですが」

「拒否します」

とっさに口から言葉が出た。考えるより先に、身体が反応していた。

「あのね、オボロさん……」

「お手数おかけしますが、よろしくお願いします」

言い放ち、強引に通話を切る。

ほんの一、二分の通話だが、首筋には汗が滲んでいた。動揺を鎮めるため、深く呼吸する。心臓が高鳴っていた。

――死んだ。あの人が。

最後に顔を見たのは、オボロが逮捕されたあの日。あれからもう二十数年経っている。母親の顔は思い出せない。それなのに、自分に向けられた視線の冷たさだけは記憶に残っている。

「どうかしました」

原田が箸を置いて問いかける。尋常な気配ではないことに気づいたのだろう。

「何でもない。プライベートの電話でね」

オボロはかろうじてそう答え、席を立った。これ以上誰にも追及されたくない。うまく取り繕える自信がない。

事務所の入っている雑居ビルを出て、あてもなく路地を歩く。もはやランチどころではなかった。空腹も感じない。それより、このささくれ立った感情を平静に戻すのが先決だ。

初秋の街をでたらめに進む。先週まで夏の名残りがあったが、急に風が冷たくなった。路地から大通りに入り、昼食時の雑踏を行く。

頭のなかを無にしようとするが、うまくいかない。どうしても母親の死が頭をよぎる。

取り急ぎ、三か月以内に相続放棄の手続きを取らなければならない。財産調査など要らない。どうせ相続するのは借金くらいしかないだろうし、たとえまとまった額の金銭があったとしても、あの人が遺したものなど一円たりとも受け取りたくない。

向かいからの通行人を避《よ》けた拍子に、レストランの窓に映った自分の姿が視界に入る。背中を丸め、スラックスのポケットに両手を突っこんでいた。昔から、気を抜くとこうやって歩く癖がある。弁護士になってからは背筋を伸ばし、両手をポケットから出すようにしていたが、気づけばあの歩き方になっていた。

歩き方だけは少年の頃と同じだが、顔は老けた。白髪が増え、頬がたるんでいる。

今年、オボロは四十になった。

少年院に入っていた時は、自分が不惑になるなんて想像できなかった。未熟で不自由な立場が、これからもずっと続くのだと思っていた。

沼の底から浮上する泡のように、断片的な記憶が徐々に蘇ってくる。十四歳で、入院直後に入れられた単独室。坊主頭を枕に乗せる感触。静まり返った院内に響く足音。一日先のことすら見えなかった。とにかく言われるがまま、流されるままに過ごした。

早く捕まえてくれ、と願いながら盗みを働いていたオボロにとって、少年院に入るのは望みと言ってもよかった。ただ、両親と切り離されたことへの寂しさはあった。

規則正しい生活を送るのも大変だった。

一日三回、決まった時間に食事をとる。入浴では顔を洗う。夜になったら眠る。そういう〈当たり前〉とされる事柄の一つひとつを、おっかなびっくりこなした。

一週間ほどが経ち、集団寮に移ってからは他の少年たちと同室で過ごした。私語や喧嘩など、規律違反を平然と犯す同室の少年たちを横目に見ながら、オボロは自分の異質さを痛いほど感じていた。

オボロは法務教官からの指示を確実に守った。それがルールであり、わざわざ破る理由はないからだ。他の少年たちの目には、その態度が真面目で優等生的に映るようだった。からかわれたり、陰で小突かれたりすることはあったが、さして気にならなかった。父母からの罵倒や暴力に比べれば、耐えられないことはない。

そんなことより、将来への不安のほうがはるかに大きかった。出院してから、どこへ行けばいいのか。働き口は見つかるのか。四十歳はおろか、数年後の未来すら思い描くことができなかった。

懐でスマートフォンが震えた。また警察か、と思いながらディスプレイを確認すると、事務所からの電話だった。

「もしもし。オボロ先生、大丈夫ですか」

原田の声が耳に流れ込んでくる。

「さっきはごめん。急に事務所出て」

「いえ。それより、依頼の連絡があったんですが。戻れますか」

「十分で戻る」

オボロは踵を返し、元来た道を足早に歩きだした。心を乱されている場合ではない。今は目の前にいる少年たちと向き合うのが最優先だ。過去に浸るのは、一人になってからでいい。

面会室に現れたのは、十歳の少年だった。耳が隠れる程度に長い黒髪。身長は一五〇センチに届かないくらいか。平均と比べればやや長身だ。皺一つない頬には、擦り傷の跡が残っていた。

氏名は中野雄斗《なかのゆうと》。支給のジャージを着た雄斗は、目を合わせず向かいの椅子に腰かけた。顔つきは彫像のように硬い。

「はじめまして。オボロといいます」

反応はないが、微笑を浮かべたオボロは構わず話を続ける。自分が付添人であること、味方であり権利を守る立場であること、話した内容は無断で他人には明かさないこと。説明している間、雄斗は黙りこくったまま居心地悪そうに指先を揉んでいた。

「ここがどこか、わかりますか」

初めて雄斗が視線を上げたが、すぐにまたうつむく。

「……よくわかりません」

か細い声が面会室の空気に溶ける。返答はあった。一歩前進だ。

「ここは、少年鑑別所といいます。今、雄斗さんは少年審判を待っている状況です。言い換えると、これからあなたに対してどういう環境を用意するのがいいかを皆で考えているところです」

オボロは言葉を選びながら、雄斗に語りかける。事実を単純化しすぎず、かつ、十歳の子どもにもわかるように説明するのは容易ではない。そして、相手を子どもだと侮ってはいけない。軽視する感情は、必ず相手にも伝わってしまう。

「どうして鑑別所にいるか、わかりますか」

雄斗は黙って指を組んだりほぐしたりしていたが、やがてぽつりと言った。

「父と母が逮捕されたから」

その認識は正しくない。だがそれよりも、オボロには言葉遣いが気になった。この年齢で両親を父、母と呼ぶのは、普段から言い慣れていないと難しい。

「それも根っこの原因としてはありますす。でも、鑑別所にいる理由は違う。ここに来る前の一時保護所で、雄斗さんは同室の男の子を叩いたり、蹴ったりしましたか？」

「だって、あいつが変なこと言うから」

猛然と顔を上げた雄斗が、一気にまくしたてる。暴力をふるった点は事実だと認めたも同然だった。

「ぼくが雑誌盗んだとか、靴盗んだとか、嘘ばっかり言うから。親が盗んだんだから お前も盗むだろうって。嘘つくのやめろって言ったけど、やめないから」

オボロは相槌を打ちながら、手帳にメモを取る。

いつもなら、先入観を持たないよう事件記録には目を通さない。だが今回は事情が込み入っている。この少年が一時保護所にいた理由も、鑑別所に送られた経緯もすでに頭に入っていた。

雄斗の両親は、従業員四十名ほどの電装部品組み立て工場を経営していた。創業者の夫が代表、妻が経理担当を務めていたという。元は大手メーカー社員だった夫の営業力が物を言い、経営状況は創業間もなく安定した。従業員の雇用も進み、地域でも急速に存在感を増していた。

　中野夫妻が業務上横領の容疑で逮捕されたのは、二か月前。夫が指示し妻が実行する形で、会社の金を不正に使いこんでいたという。その額は三年間で四千二百万円に上ると見られていた。用途は住宅ローンの頭金、家族での外食や遊興、そして雄斗が通う学習塾の費用だったという。

　両親が逮捕されたことで、一人息子の雄斗は行き場を失った。預かり手となる親族は見つからず、児童相談所の判断で一時保護所に入った。

　集団生活を送るなかで、雄斗は同室の子どもに手を上げてしまった。結果、相手の男児は脳震盪《のうしんとう》を起こして倒れた。救急車が呼ばれ、男児は病院へ搬送された。幸いすぐに意識を取り戻し後遺症もないが、雄斗が暴力をふるった事実は明るみに出た。じゃれ合いと言い張れる域は超えている。

「その子は、雄斗さんの両親のことを知っていたの」

「噂で流れてた。たぶん、職員の人とかが話してるのを聞いたんだと思います」

　本人が話さない限り、通常、一時保護所で子どもが互いの事情を知る機会はない。だが、保護所もそう広くはない。職員の会話を耳にしてしまうことがないとは言えなかった。

「雄斗さんは嫌だと言ったけど、その子は悪口を言うのをやめてくれなかった」

「そう。だから、やめろよ、って感じで肩押したら、向こうも押し返してきて。ふざけんな、ってもう一回押したら転んで、本棚で頭打ったみたいです」

「なるほど。わざと本棚にぶつけたわけじゃないんだね」

「はい。頭狙って突き飛ばすとか、そんなの無理ですから」

声はか細いが、雄斗は自分の言葉で話している。オボロが確認してきた経緯とも概ね相違なかった。事件そのものに悪意は見られないが、問題は、雄斗が抱えている背景のほうだ。オボロはどう環境調整をするべきか、図りかねていた。

「あの、父と母はどうなるんですか」

会話の切れ間に、雄斗が質問を発した。両親の処遇が気になるのは当然だが、現時点でオボロに答えられることはない。

「裁判の結果次第だよ」

「その裁判はどうなりそうかとか、わからないんですか」

食い下がった雄斗に、オボロは「そうだねえ」とつぶやく。付添人の立場として、予断を与えたくはなかった。裁判はまだ第一回公判期日すら迎えておらず、どう転ぶかも読めない。だが、懇願するような目を見ていると無下《むげ》にはできない。

雄斗の両親はすでに横領の事実を認めているため、有罪は免れないだろう。問題は量刑や執行猶予がどうなるかだ。

「あくまでぼくの考えだけど、お父さんとお母さんは、業務上横領という罪に問われる可能性がある。もし有罪判決が出たら、十年以下の懲役に問われることになる。

ただ、横領したお金を返済する意思があれば、期間が減ったり、刑の執行を待ってもらえたりする。どういう対応をするかは、ぼくにもわからない」

オボロにはそう説明するのが精一杯だった。雄斗は頷きつつも、まだ納得しきれない様子で指先を弄んでいる。

「気になることがある？」

雄斗は左右に目を泳がせていたが、やがて消え入りそうな声で言った。

「父と母は、なんで会社のお金を盗んだんですか」

返答に詰まる。それこそオボロでは答えられない問いだ。

だがその質問にこそ、雄斗の本心が込められているような気がした。

この少年は知りたいのだ。なぜ、父と母が愚かな行為に手を染めてしまったのか、親子三人の家庭が崩壊してしまったのか。どうして自分がこんな場所にいるのか。

オボロは微笑を浮かべるのも忘れて、奥歯を噛みしめた。

両親の身勝手で傷つくのは、いつも子どもだ。これまで幾度となく見てきた光景だった。雄斗の父母は、虐待やネグレクトをしていたわけではない。だが、子どもを傷つけ、安らげる家庭を奪ったという意味では同じことだ。

雄斗は、裏切られた理由を知りたい。それだけだった。

「知りたいよな」

思わず、オボロはつぶやいていた。脳裏には、顔を忘れた両親の輪郭だけが浮かんでいる。暗い部屋。淀んだ空気。酒と煙草の臭い。束の間、オボロは少年時代を過ごしたアパートへと戻っていた。

「親がどうしてそんなことしたのか、知りたいよな」

不用意に語るべきではないと思ったが、歯止めが利かなかった。

「罪だとわかっているくせに、なんで止めないのか。わかるよ。捕まったら不幸になるのは親だけじゃない。それなのに……子どもはどうでもいいのか？　だったら最初から産むなよ、と思う。産んだなら幸せにしてくれよ。それが親の仕事じゃないのかよ」

四十の男の口から、子どもじみた泣き言がこぼれ出る。涙はかろうじて堪えた。雄斗は困ったような顔をしている。

──落ち着け。

声が嗚咽に変わる寸前で踏みとどまり、深く呼吸をする。

オボロは目の前の少年に感情移入しすぎてしまうことが、たまにある。スイッチが入るのは決まって記憶と現実が重なった時だ。生まれてから最も惨《みじ》めだった、少年時代。その光景が蘇るたび、心のどこかが少年に還る。

呼吸を整えたオボロは、再び微笑を浮かべた。

「ごめん。突然語りだしたからびっくりしたよね」

ぎこちなく頷く雄斗を見て、オボロは内心で反省した。失敗だ。初対面で不安定な一面を見せてしまった。これでは、信頼できる大人には程遠い。

多難な前途を思い天井を仰ぐ。灰色の天井は思いのほか低く、近かった。


母のことを思い出すのは、いつも唐突だ。仕事をしている間は忘れることができる。だが、日常のなかのふとした瞬間、脳裏をよぎる。いったん思い出してしまうと、簡単には離れてくれない。

その瞬間が訪れたのは夜八時、事務所から自宅への道を歩いている最中だった。

――今頃、どうなっているだろう。

警察から電話があったのは五日前。おそらく父も引き取りを拒否しただろう。もっとも、父が存命かどうかすら知らない。知りたくもない。

引き取り手のいない遺体は、火葬され、無縁納骨堂に安置される。行政に手間をかけさせるのは心苦しいが、だからといって遺骨は引き取れない。母の骨と一緒に暮らしていたらどうかしてしまいそうだ。大袈裟ではなく、オボロはそう思う。

家事と育児を放棄し、子どもに空き巣をさせ、自身はのうのうと暮らしていた母。夜ごと家を空けていた母がどこへ行っていたのか、オボロは薄々気づいている。夜明け前に帰宅した母の息は酒臭く、男物の香水の匂いにまみれていた。ゴミ袋を蹴り飛ばし、敷きっぱなしの布団に突っ伏して眠る。

朝になり、そういう母の姿を見るたび絶望に包まれた。正気を保つため、繰り返し自分に言い聞かせた。ぼくはこの人から生まれた。この人が産むと決めなければ、ぼくはこの世に存在していなかった。だから、感謝しなければならないんだ。母親と一緒に暮らせるのは幸運なことなんだ。

学校へ行き、帰宅すると、母はよく金を数えていた。それで増えるわけでもないのに、紙幣と硬貨をテーブルに並べて、一生懸命数える。そしてため息を吐く。

——もう、これだけか。

母がつぶやく。浪費するせいだ、とは言わなかった。

——またやらないといけないねえ。

オボロに聞かせるように、大きな声で独言する。何のことかは決まりきっている。数日経つと、父の運転する車で夜の住宅街へと連れていかれる。母が下調べをした家に忍び込み、金品を持ってくるよう指示される。毎回嫌だった。喜んで空き巣を働いたことは、一度もなかった。だが車内で躊躇していると、助手席の母が冷たい声で言う。

——早く行けよ。捨てるよ。

重い足を引きずって留守宅に侵入する。いつ捕まるかわからない恐怖に怯えながら、必死で金目のものを探す。一番いいのは預金通帳や印鑑、キャッシュカード、身分証明書の類。だが初めて入る家で貴重品を探し当てるのは至難の業だ。めぼしい金品が見つからない時は、衣類やノートパソコンなど、売れば多少の金になるものを持ち出す。

どんなに空腹でも、食品をくすねることはしなかった。盗めば、オボロが自身の意思で窃盗を働いたことになる。指示されたもの以外は盗まない。それが、せめてもの抵抗だった。

首尾よく金品を持ち帰れば、よくやった、と褒められた。母がオボロに笑顔を見せるのはその時だけだ。

親であることの責任を取れない人だった。最低の母だった。広本和世という名前を聞いただけで、不快感が全身を走る。旧姓に戻ったのは離婚したせいだろうか。逮捕後のことは知らない。期待していたわけではないが、少年院から出た後、母や父から連絡が来たことは一度もない。弁護士になってからも、両親が強請《ゆす》りのために接近してくるのではないかと恐れていたが、杞憂に終わった。

父は朧という姓の通り、存在感の薄い人だった。

くだらない窃盗を犯し、パチンコに溺れ、時たま酔っては息子を殴る、こちらも最低の父だった。だが、なぜか母ほどの憎しみは感じない。同情や愛情ではなく、ただひたすら、どうでもいいのだ。そしてオボロはいまだにその父親の姓を名乗っている。

両親のことを思い出すと、幕が引かれたように胸の内が暗くなる。弁護士であることも、とっくに独り立ちしていることも忘れて、少年だった頃に戻る。

いつしか、オボロは路傍に立ち止まっていた。

二度と歩けないのではないかと思うほど、足が重い。呼吸がうまくできない。少年院を出てからの二十数年で培ったものが、一瞬で崩れ去る。オボロを人の形につなぎとめていたものが蒸発し、砂のように散っていく。

視界が狭い。目の前が暗い。沼の底へ落ちていく感覚があった。

「あれ、オボロさん」

女性の声がした。途端、オボロは覚醒する。沈みかけた意識が引き揚げられる。開けた視野の真ん中には、笹木実帆が立っていた。彼女は街灯の下、心配そうにオボロの顔をのぞきこんでいる。長い髪のシルエットが地面に落ちていた。

「どうかしたの、ぼうっとして」

意識は醒めたが、思考が追い付かない。どうして彼女がここにいるのか。呆然としているオボロの姿に、笹木が慌てる。

「今日、家行くって言ってたよね」

オボロはかろうじて「ああ」と応じた。つい一昨日、交わした約束だった。

笹木と並んで家まで歩く。彼女が右手に提げたビニール袋が、がさがさと音を立てる。

「その袋は?」

「グリーンカレー。オボロさん、タイ料理好きだったでしょう」

スパイスの香りが鼻腔を刺激し、オボロの姿は徐々に人の形を取り戻していく。この世に自分を気遣ってくれる人がいる。その事実が、暗い沼の底からオボロを引きずり出してくれた。

笹木と出会ってから二年半が経つ。

付き合いはじめたきっかけは、居酒屋からの帰り道、笹木がオボロにささやいたひと言だった。

――うち、来てみますか。

定期的に二人で食事をするようになって、すでに一年ほど経っていた。笹木の声は緊張を帯びている。経験がないとはいえ、その言葉の意味がわからないほどオボロも野暮ではなかった。

だが、二つ返事で応じるのはためらわれた。

――怖いんですよ。

オボロは足を止め、正直に言った。

――自分には、人と付き合う資格なんかないと思うんです。ぼくがこれ以上笹木さんの人生に関わったら、笹木さんを不幸にしてしまうかもしれない。考えるだけで、耐えられないんです。

いい歳をした大人がいう台詞ではないと、我ながら思った。笹木は笑いもせず、幻滅もしなかった。立ちすくむオボロの正面で、彼女は胸を張った。

――それは、私を大事に思ってくれているからじゃないですか？

言われて、オボロは気づいた。ぼくはこの人と一緒に生きていきたい。大事な存在だから。たとえ結果的に、不幸にしてしまったとしても。それはオボロにとって、初めて自覚したエゴだった。

――そうなんだと思います。

交際がはじまってもうすぐ一年になる。一緒に暮らしてはいないが、こうして互いの家を行き来している。

合鍵を使って、笹木はさっさとオボロの自宅に入っていく。

「お腹空いたから、先にご飯でいいよね」

笹木は慣れた手つきで、ローテーブルにカレーやスプーンを並べる。まるで、先刻のオボロの異変など目にしていないかのように。それがありがたかった。四十を迎えた二人は、互いの領域へ不用意に踏みこむことはしない。

雑談交じりにカレーを食べる。こういう時は、オボロも仕事を忘れることができた。

「髪、伸びてきたね」

勤め先のサロンでの愚痴をひとしきり話した後、笹木がぽつりと言った。付け合わせのサラダを頬張っている。

「そうかな。まだ一か月経ってないけど」

「切っときなよ。放っといたら、二か月でも三か月でも放置してるんだし。男は髪、髭、肌。この三つさえ押さえとけば清潔感出るから。人と会う仕事してるんだから、もうちょっと気遣ったほうがいいよ」

「……精進します」

「あ、あと体形ね。これも大事」

四つじゃん、という言葉は呑み込む。

笹木との交際がはじまってから、以前よりは身だしなみを整えている。髭は毎日剃るようになったし、髪も毎月切っている。化粧水も使うようになった。すべては笹木からのアドバイスだ。

見た目なんて、最低限の条件さえ満たしていればいいと思っていた。だがオボロにとっての〈最低限〉は、笹木の目にはそれ以下と映ったらしい。

「まずは自分を大事にして。ただでさえ忙しいんだから」

笹木の言葉には思いやりがあった。それが、無作為に向けられるものではないことをオボロは理解している。この人なら真剣に受け止めてくれる。一人で抱え込んできたものを、見せることができる。

カレーを食べ終えたオボロは、笹木がスプーンを置くのを待ってから切り出した。

「ちょっといいかな」

「どうぞ」

「母親が、死んだ」

笹木は沈黙の後で「そうなんだ」と言った。

「少し前に、警察から電話がかかってきて。母親が亡くなったから、遺体を引き取ってくれないかって。断ったんだよ。何も言われたくなかったから、すぐに電話は切った。それだけ。それだけなのに、どうしても消えないんだよ。違和感が」

まとまらない感情が口から溢れ出る。笹木はオボロの顔を見たまま、じっと聞いていた。

「母親のことは今でも憎い。死んでくれてせいせいしたとすら思う。でも心のどかでは、ぼくはそんな非情な人間じゃない、とも思っている。死んだ母親の引き取りを拒否して平気でいられるほど、冷血なやつじゃないと信じている。もう一度警察から電話がかかってきたら、断れないかもしれない。嫌なんだよ。嫌だけど、でも、最後の最後くらいは息子として引き受けるべきじゃないかって」

目の前にいる女性にだけは、胸のうちを理解してほしい。その一心で懸命に言葉を紡ぎ出す。助けてほしいとまでは思わない。ただ、同じ風景を見てほしい。

ひとしきり語り終えた後には、濃密な沈黙が残った。窓の外ではクラクションが響き、植木がさざめいていた。

視線を合わせたまま、笹木は「オボロさん」と呼んだ。

「私、初めて家出したのが十四の時だった」

以前にもその話は聞いていた。ネグレクト家庭で育ち、父親からは性的虐待を受けていた笹木は、中学二年生から家出を繰り返すようになった。だが十代の女子が寝泊まりできる場所はそうそう見つからず、長続きはしなかった。

「家出はいつも失敗した。けど、あの時家出したことは絶対に間違っていなかった。逃げる決断をした十四歳の私は、正しかった。私が抵抗しない限り、助けを求めない限り、誰も助けてなんてくれないから」

笹木は「手を出して」と言う。言われるがまま、オボロが両手をテーブルに乗せると、彼女はその手をしっかり包み込んだ。

「親を嫌いでも、許せなくても、いいの。嫌なら遺骨なんて受け取らなくていい。私たち、もうあの時の親と同じ世代だよ。同じ大人としてどう思う？　私は軽蔑する。父親も、母親も。だからこれから先も許さない。それでいいの」

笹木の目には、肉親への憤りと、オボロへの憐れみが同居していた。手のひらから熱が伝わってくる。この人は本気で怒っている。自分のために。

――受け入れられた。

オボロは泣くのを堪えなかった。最初の一滴が零《こぼ》れたら、もう止めようがない。

「ありがとう」

頬を濡らしたまま、嗚咽交じりに感謝の言葉を繰り返す。赤い目をした笹木は、言葉を噛みしめるように何度も頷いた。

路上のクラクションは遠ざかり、部屋には二人の吐息だけが満ちていた。

オボロは腕組みをして、デスク上のスマートフォンを睨んでいた。かれこれ五分ほどその姿勢でじっとしている。見かねた原田が「先生」と声をかける。

「何待ってるんですか」

「例の弁護人から電話がかかってくる」

「ああ。あの、横領したお父さんの弁護人？」

こくりと頷き、視線をスマートフォンに戻す。メールで、午後五時頃に先方から電話をかけるという約束をしていた。間もなく五時になる。

――父と母は、なんで会社のお金を盗んだんですか。

雄斗の疑問に答えるには、本人に話を聞くしかない。中野夫妻による横領は夫が指示役、妻が実行役という分担で行われていた。そのため、雄斗の疑問をぶつける相手としてふさわしいのは主犯の夫だとオボロは考えた。

雄斗の父である中野慎太郎《しんたろう》は拘置所に収容されている。拘置所での面会は、第三者であっても本人さえ了承すれば可能だ。とは言え、その本人の了承を確実に引き出すには、弁護人の協力を得ておきたい。

そう考えたオボロは、慎太郎の弁護人に連絡を取った。電子メールのやり取りでとにかく一度話そうということになり、今日を迎えた。

硬い表情で着信を待つオボロに、原田は「緊張してます？」と問う。

「……してる」

オボロが普段よく接するのは、少年とその家族、それに家裁調査官や児相の職員だ。他の弁護士と連携することはあっても、交渉する機会などそうそうない。相手がどう出るかは読めない。最悪、拒否される可能性もある。横領の動機は公判でも重視されるはずであり、部外者であるオボロに教えてくれるとは限らない。

五時二分、スマートフォンの画面が切り替わった。電子音と振動が着信を知らせる。すかさず手に取り、「もしもし」と呼びかけた。

「ああ、オボロ先生ですか。弁護士の黒田《くろだ》といいます」

年配の男性と思しき声音だった。互いに名乗り合い、経緯を簡単に振り返ってから本題を切り出す。

「それで、拘置所面会の件なんですが。いかがでしょう」

「会うのは結構ですが……本人が同意しないかもしれませんよ。精神的に結構参っていますから」

黒田いわく、中野慎太郎は逮捕以降、精神のバランスを欠いている。突然怒りだしたり、泣き言を延々と述べたりする傾向が見られるという。

「できればそっとしておいてほしい。そもそも、どれほどの必要性がありますかね」

「少年を納得させるには必要です」

「そこがわからないんですよね。どんな理由であれ、ご両親がやったことは変わらない。動機を知れば、本人の納得感は上がるんですか」

「ええ。ぼくにはわかります」

黒田は沈黙した。戸惑いの色を感じる。

「ぼくにも、親に裏切られた経験があります」

オボロは進んで、空き巣に手を染めた過去を晒した。初めて話す相手だが躊躇はない。たとえ偏見の目で見られようが、それで雄斗の望みが叶うなら構わない。

「私は実の両親がどうして犯罪を指示したのか、今もその理由がわからずに引きずり続けているんです。中野さんのご子息には、そうなってほしくない」

オボロの熱弁を、黒田はほとんど相槌も打たずに聞いていた。

「根本的な原因はご両親の横領にあります。そこを通らないことには、立ち直れません」

「……そうかあ。うーん」

低い唸り声が耳朶を打つ。黒田の心を動かしているのは間違いない。

「彼は十歳です。たった十歳で、親の犯罪という重荷を背負って生きていくんです。付添人として言いますが、実の息子には動機を尋ねる権利があると思います」

しばらくして、ふう、という嘆息が聞こえてくる。

「わかりました。近く拘置所に行くので、中野さんには面会を受けるよう助言しておきます。最終的な判断は本人がしますが」

「ありがとうございます」

　空いているほうの手を握りしめる。

「しかし……オボロ先生、弁護士何年目ですか」

「十年やってますが、何か」

「ああ、そうですか。もう少し若いのかと思った」

　黒田は感嘆とも呆れともつかない声音で言った。

「何が言いたいんです」

「いや。なんというか、ここまで剝き出しの本音でぶつかってくる人は久しぶりでしたから」

　必ずしも、褒められているわけではないだろう。交渉事には建前や手練手管《てれんてくだ》も重要だ。真正面から本音をぶつけても、突破できない壁はある。それでも、オボロは本音を突き通した。それしかできなかった、というほうが正しいかもしれない。

　通話を終えたオボロは、隣で聞き耳を立てていた原田に「何とかなった」と伝える。原田はくるりと身体ごと振り向いた。

「よかったです。でも、珍しいですね」

「何が？」

「その、いきなり前歴について話されていたので」

原田にとっても意外だったらしい。

たしかに、これまで前歴は切り札として使ってきた。少年との関係構築が難航した時、共感を示してもらうために話すことが多かった。その他の場面で前歴に触れるのは、相手の偏見を助長するだけだと思っていた。

黒田に対して気負いなく話すことができたのは、笹木が、受け入れてくれる存在がいるとわかったからだ。この人だけは自分を信じてくれる。そういう相手がたった一人いれば、本音を披露するのが少しは怖くなくなる。

「大丈夫。ぼくはもう、平気だから」

答えになっていない気もしたが、原田は納得したように「それならいいです」と言った。

「あと先生、今日はこれから外出じゃなかったでしたっけ」

「本当だ。もう出ます」

オボロは鞄をつかんで立ち上がった。事務所のある雑居ビルから、秋空の下へ出る。涼しい風を浴びながら大通りに出て、タクシーを停める。

目指す先は子どもシェルターだった。親の虐待から逃げてきた少年と面談するためである。他の案件の書類に目を通しているうち、タクシーは目的地に到着した。

通い慣れた三階建てマンションは目と鼻の先である。

面会室で少年との面談を終えたオボロは、廊下で懐かしい少女を見かけた。

「百花さん」

前を歩いていた駒井百花は、振り向くなり明るい表情を見せた。首にあった痛々しい絞め痕は、すっかり消えている。

「先生。お疲れ様です」

百花は定期的に、シェルターでスタッフ補助のボランティアをしている。そのためオボロとは時おり顔を合わせていた。

かつて、百花は母親の虐待から逃げてシェルターに入居していた。その後、養護施設に移った百花は無事に高校を卒業し、介護職員として働いている。介護福祉士の資格取得を目指して勉強中だということも、以前聞いていた。

「今日は面談ですか」

「うん。もう出るけど」

「忙しいんですね。母からは最近連絡ないですか」

百花が施設に移ってからも、オボロの下には百花の母からたびたび電話がかかってきた。前歴をばらされたくなければ娘の居所を教えろ、という脅迫まがいの台詞も聞いたが、付添人のオボロが口を割るはずもない。

「この半年くらい、連絡来てないよ」

「諦めたんですかね。よかった」

百花は安堵の表情を浮かべる。

「家族だから愛さないといけないなんて決まり、ないですよね」

以前、どこかで同じような台詞を口にした記憶があった。オボロは微笑とともに答える。

「もちろん」

血のつながった親を愛しても、愛さなくてもいい。それを選ぶ権利は誰にでもある。


家裁調査官の浦井は会議室の椅子に腰かけると、書類の束を膝の上に載せた。

「えーと、ちょっと待ってくださいよ」

首からぶら下げていた老眼鏡をかけ、書面に目を落とす。最近はこれがないと仕事にならない、とぼやいていた。対面に座るオボロは何気なく話しかける。

「浦井さんも長いですよね」

「ええ、すっかり古株ですわ。いつ異動になるんだか」

最近の浦井はこの手の台詞が口癖になっている。今の家裁に赴任してから四年。概ね三年周期で異動する調査官にとって四年は長い。オボロはその間、幾度も浦井と仕事をしてきた。今では最も気心の知れた調査官と言ってもいい。

「中野雄斗さん……ああ、これこれ。ご両親が横領してしまった子ね」

老眼鏡をかけたり外したりしながら、浦井は資料に目を通す。

「珍しいケースですよねえ。まあ、引き取ってくれる親族もいないようだし、施設送致が妥当なんでしょうけどね」

ベテランの性《さが》か、浦井には先に落としどころを決めたがる傾向がある。

「そうかもしれませんが、予断を持つべきではありません。少年が頼れるのは、ぼくたちしかいないんですから」

「わかってますって。先生には敵わないなあ」

苦笑する浦井に、「頼みますよ」と釘を刺す。

だが内心を言えば、オボロの考えも浦井と同じだった。雄斗の場合、犯罪傾向は進んでいないが、かといって帰すべき家庭もない。おそらくは児童養護施設への送致決定、もしくは、児童相談所所長への送致になるのではないかと踏んでいた。後者でも、多くの場合は施設へ送られることになる。

「事件そのものに悪質さは感じられませんね。問題は両親との関係かな」

浦井も調査官として、すでに雄斗との面談は行っている。事件に偶発的な要素があることは認めていた。

「今度、父親と面会してきます」

「拘置所へ行かれるんですか。向こうの弁護士には無断で？」

「いえ。納得してもらいました」

「ふうん。さすが、先生だ」

浦井の言葉に皮肉さは感じなかった。本当に感心しているらしい。

「ちょっと考えていたのは、雄斗さんに手紙を書いてもらったらどうか、と。結構、効果があるんじゃないかな。うまくいけば父親の反省を示す材料になるかもしれないし」

オボロは浦井の提案を吟味してみる。付添人の面会に加えて、手紙で直接コミュニケーションを取ってもらう。悪くないように思える。

「いいですね。考えてみます」

「こっちはこっちでアプローチしてみますわ。雄斗さん、学習塾に通ってたみたいだから、そっちに訊いてみるのも手ですね」

オボロもその点は面談で聞いていた。私立中学の受験を目指して、小学二年生から学習塾に通っていたそうだ。その他にスイミングと英会話も習っていたらしい。週のうち六日は塾か習い事があったというから、多忙だったに違いない。

「ネットのほうでは誹謗中傷とか、ありませんか」

「こっちで確認していますが、幸い目立った動きはありません」

最近、オボロが付添人活動をする際には必ずネットの動きにも注視するようにしている。昨今は、どんなニュースであっても中傷の対象になる。少年が絡む事件は匿名報道が原則だが、どこからか調べて実名を晒すような人間もいる。少年が知らないうちに、事件そのものが炎上に発展することもあり得るのだ。

老眼鏡を外した浦井は安堵を滲ませながら「それならよかった」と言う。

「好き勝手コメントして、自殺に追い込むような連中もいますから。しかし、オボロ先生みたいにネット上のトラブルに強い人がいると心強いですわ」

「いや、それはぼくというか……」

実はオボロ自身は依然、そちらの方面に疎い。投稿サイトやＳＮＳの巡回など、実質的な対応をしているのは原田だった。

きっかけは堀駿介という少年が起こした、声優へのＳＮＳ中傷騒動だった。あの一件で、原田は削除されたＳＮＳコメントをたちどころに発掘してみせた。その後、オボロはＳＮＳが絡むと原田へ相談するようになった。駿介の件が噂になったのか、個人情報開示請求の依頼も増えた。

そのうち、原田のほうから提案があった。

――こっちは私が見ますから、先生はやりたいことに集中してください。

以後、ネット周りの対応は自動的に原田へ任せる流れができた。おかげで最近は、オボロの事務所はネットに強い、という評判も得ている。

堀駿介とはこの一年ほど連絡を取っていない。その必要がなくなったからだ。ＳＮＳで中傷事件を起こした当時、駿介は引きこもりだった。期限ぎりぎりで個人情報の開示に同意した駿介だったが、相手が未成年とわかったことで、声優側も訴訟には踏み切らなかった。

オボロとの会話を通じて少しずつ部屋から出るようになった駿介は、その後、国立病院へ定期的に通院している。中学三年の途中から学校に復帰し、現在は通信制高校に通っている。かつては声優を目指していた駿介だが、今は映像制作に興味があるらしく、専門学校への進学を目指しているという。

——息子が他の人と違うって、認めたくなかったんです。

一年前、最後に会った時に駿介の母が言っていた。それはきっと、多くの親に共通する思いなのだろう。事実を認めたくないあまり見て見ぬふりをする。そのままいたずらに時が過ぎれば、いずれ親も子も傷つく。オボロの仕事は、その傷をできるだけ浅い状態で食い止めることでもある。

「とにかく、今後もよろしく頼みます。私はいつ異動になるかわかりませんがね」

お決まりの軽口を口にしながら、浦井が立ち上がろうとする。彼もまた多忙だ。

「浦井さん、一つ尋ねていいですか」

「はい？」

ひじ掛けに両手をついた姿勢のまま、浦井が固まる。オボロは喉の渇きを覚えて唾を飲んだ。これから口にするのは、わざわざ言う必要のないことだ。それでもなお、言わずにはいられなかった。

「ぼくに前歴があることを、浦井さんは知っていましたか」

うーん、とつぶやいた浦井は、ひじ掛けを押して立ち上がった。資料を両手で抱え、何気ない口ぶりで答える。

「知る必要もないし、知ったところで変わらんでしょう」

ではお先に、と言って、浦井は会議室から出て行った。

オボロは悟った。おそらく浦井は、ずっと前からオボロの前歴を知っている。そのうえで、知る必要はないと言った。それはエールだった。そんなことは大した問題ではない、過去など吹っ切ってしまえ、というメッセージだった。

扉の向こうへ消えた男の背中に、オボロは無言の感謝を伝えた。


拘置所の待合室は静まりかえっている。ベンチに座したオボロは番号札を手にしていた。

呼ばれるのを待つ間、考えていた。

もしも、今の自分がかつての自分の付添人になったら。

少年は、両親の指示で空き巣を繰り返していた十四歳。手を染めたのは一度や二度ではない。反省の色は今一つ見えない。それはそうだろう。彼は自身の意思で空き巣をやっていたのではないから。両親とのコミュニケーション手段が、それしかなかったから。

なかなか難しい案件だった。

彼は窃盗罪を犯していることをとうに自覚している。犯罪に荷担していたのは、そうすることでしか生きてこられなかったせいだ。そんな少年に、どんな言葉をかければいい？　付添人として何をすればいい？　どれだけ考えても答えは出ない。

十四歳のオボロに付添人はいなかった。当時はまだ当番制度もなく、審判が終わるまで付添人の存在自体知らなかった。

あの時、付き添うひとがいてくれたら。弁護士を目指したのは、十四歳の頃の自分のためだった。

少年院を出て就職した先は、複数の前歴者を雇っている協力雇用主だった。そのため職場には元非行少年が多かった。彼らのなかには、付添人と呼ばれる弁護士がついている者もいた。

――使えねえんだよ、その付添人が。

少年院にいた元少年が、煙草を吸いながらぼやいているのを聞いた。付添人というのが審判にかけられる少年の代理人を意味することは、少年院で知った。大人の裁判だけでなく、子どもにも弁護士がつく。審判の前にその事実を知っていたら。そして、自分に付添人がいたら。少しは救われていただろうか。

高卒認定試験を受けて、多少給料の高い職場に移った。少年の世界も大人の世界も、法律で動いていることがわかってきた。法学部の学生を募集していると知り、大学の夜間に通うことを決めた。当初は弁護士になるつもりはなかった。だが一年、二年と経つうち、付添人という選択肢が頭をもたげた。

弁護士になりたい。過去の自分を救いたい。

勉強は大変だった。学部の定期考査ですらどうにか通過する有様で、司法試験に合格するなど夢のまた夢だった。それでも働きながら勉強を続けた。三度目の受験で合格した二十九歳の日、オボロは泣いた。

楽な仕事ではない。儲かる稼業でもない。だがオボロには、付添人以外の生き方を考えることができなかった。

やがて、番号を呼ばれた。一号面会室に入るよう指示される。

部屋に入ると、アクリルの仕切り板の向こうで男が待機していた。ワイシャツにスラックスという出で立ちの男が、椅子に腰かけている。年齢はオボロと同世代。乱れた髪に無精髭で、背を丸めていた。三白眼がオボロを睨んでいる。

「はじめまして。雄斗さんの付添人のオボロと言います。ぼくのことは、弁護人の黒田先生から聞いていますよね」

微笑を伴って席につくが、中野慎太郎は黙ったままだった。彼の背後で、刑務官がなりゆきを見守っている。

「雄斗さんからの手紙は受け取りましたか」

慎太郎がわずかに頷いた。

浦井からの助言通り、オボロは雄斗に手紙を書くことを勧めた。自分の気持ちを整理しながら、父親に疑問を直接ぶつけてみたらどうか。その提案を雄斗は受け入れた。直筆の手紙は鑑別所から拘置所へと送られた。

「読んでみて、いかがでしたか」

「……読んでいません」

かすれた声が、仕切り板越しに届く。オボロは耳を疑った。

「受け取ったんですよね」

「受け取りましたが、一度も開いていません」

反射的に「なぜ」と問うていた。微笑は消えていた。

「……こっちの立場になってください」

恨みがましい視線がオボロの顔に注がれる。

「どうせ、なんで横領なんてしたんだ、って書いてあるんでしょう？ 色々な人に訊かれました。でもそんなの、自分でもわからない。答えられない質問が書いてある手紙なんて、怖くて読めませんよ」

――無責任な。

頭に血が上るのを感じる。

犯罪の動機を語るのは、確かに難しい。金が欲しいとか腹が立ったとか、そういうことは表面的な理由に過ぎない。本質的な動機はもっと奥深いところに眠っている。しかし難しいからと言って、諦めれば更生はできない。困難さと格闘し、少しずつでも前進するしかないのだ。それなのにこの男は、開き直ることですべての責任を放棄している。

　オボロは努めて冷静に語りかける。

「手紙を無視すること自体が、雄斗さんの想いを無下にしているんです。どんな厳しいことが書いてあっても、相手は息子さんですよ。受け止めようとは思いませんか」

「あなたは雄斗の代理人だから、そう言いますよね。でも私は、私を守らないといけないんです。私の心が壊れてしまったら、あなた、責任取れるんですか」

　オボロは自分の歯ぎしりの音を聞いた。今まで身勝手な言い分は散々聞いてきたが、これほど腹が立つのは珍しい。黒田が面会に消極的だった理由を察する。

「ぼくは、雄斗さんの疑問に正面から向き合ってほしいだけです」

「ですから、向き合えないんですよ。答えを持っていないんだから」

「それを考えるのが、中野さんの立場なんじゃないですか」

「そうかなあ。やっちゃったことは変わらないんだから、今さら動機なんてどうだってよくないですか？　だいたい、まだ納得できないんですよね。あの会社は私が創業したんですよ。私が努力して稼いだ金を私が使って、何が悪いんでしょうね」

　落ち着け、と何度も己に言い聞かせる。感情的になれば負けだ。

　沈黙を見計らったかのように、慎太郎が薄笑いを浮かべた。

「これ言わないでおこうと思ってましたけど、しつこいんで言いますね。私ら夫婦が横領していたのは、雄斗のためですよ」

「……はい？」

「習い事に金がかかるんです。ひと月に、スイミングが七千円、英会話が一万円、学習塾が六万円。夏期講習だ冬期講習だって入れていくと、年間で百万円以上かかる。あと、ゲームとか本とか欲しがるんですよ。友達を家に連れてきたら、食事やお菓子を用意してやらないといけないし。合計すると、結構な金額になるでしょう」

怒りを通り越し、オボロは啞然とした。それが息子の代理人に聞かせる話か。

そもそも慎太郎の言い分は不合理だ。夫妻が横領した総額に比べれば、養育にかかった費用は明らかに小さい。にもかかわらず、この男は息子に横領の責任をなすりつけようとしている。

「いやいや、わかってますよ。私にもっと甲斐性があれば、会社の金なんて使う必要なかったんでしょうがね。でもしょうがないですよ。金がないんだから、どこかから持ってくるしかないですよね」

にわかに饒舌になった慎太郎を前に、オボロは徒労感に包まれていた。だが、一応は訊いておくべきことがまだ残っている。

「弁済される予定はないんですか」

「黒田先生にも言いましたけど、無理じゃないかなあ。執行猶予は欲しいけど、金なんてないですし。どこかから借りてもまた返さないといけないから、それなら刑務所に入ったほうがましだと思います」

慎太郎の発言は、どこまでも他人事だった。荒んだ目がオボロを射る。

「雄斗に伝えてください。両親のことは忘れろ、って」

目の前で閃光《せんこう》が弾けた。反射的にテーブルに手をつき、椅子から立ち上がっていた。アクリル板の向こう側にいる慎太郎を見下ろす格好になる。

「忘れられるものなら、とっくに忘れていますよ」

非道な親のことなど、いっそ忘れてしまいたい。死ぬまで思い出さなくていい。それでもふとした瞬間に思い出してしまうから苦しいのだ。忘れてくれ、と言うだけで親は済むかもしれない。だが子にとってはそう簡単ではない。

「絶対に、雄斗さんからの手紙を読んでください。話はそれからです」

慎太郎は答えず、焦点の定まらない目で宙を眺めていた。

面会はそれで終了だった。

ロッカーで荷物を回収したオボロは、拘置所からの帰路を歩きながら、慎太郎の目を思い出していた。無機物のような色のない目。彼はあらゆることに興味を失っていた。これまでは順調な人生を歩んできたのかもしれない。それだけに、一度つまずくとすべてがどうでもよくなる。本当はまだ、手のなかに豊かな果実が残されているのに。

手紙のことを雄斗にどう伝えるか。今から頭が痛い。

オボロが鑑別所を訪れたのは、それから四日後だった。

ジャージ姿の雄斗はやつれていた。環境の激変に心身がついていっていない。当然だ。雄斗はまだ十歳である。緩慢な動作で椅子に座った雄斗は、テーブルに肘をつき、ため息を吐いた。妙に大人びた仕草だった。

「拘置所でお父さんに会ってきた」

雄斗は顔を上げず、テーブルの隅をじっと見ている。

「色々話したんだけど、お父さんが事件を起こした動機はまだ……」

「手紙が返ってきました」

唐突に、雄斗が話を遮った。

「返ってきたって、お父さんから？」

「昨日の夕方に受け取りました」

オボロは驚きで言葉を失っていた。面会の時点で慎太郎は手紙を読んですらいなかったはずだ。この数日で心境が変わり、返信まで書いたというのか。戸惑いを察したのか、雄斗は横目で見ながら付け加える。

「先生と会った後に書いたみたいです。代理人と話した、と書いてあったんで」

——ぼくが、きっかけになったのか？

あの面会に手応えなどなかった。むしろ、互いの苛立ちを増幅させただけだと思っていた。だが慎太郎は読んだのだ。オボロの懇願が届いたかどうかわからないが、どんな形であれ、雄斗のメッセージを受け取った。

ただし、返信を受け取った雄斗の表情は優れない。

「手紙には一応、書いてありました。横領した理由」

「なんて?」

まさか、子どものためにやった、と書いていたのだろうか。緊張が高まる。だが雄斗の答えはまったく違うものだった。

「もっと幸せになりたかった、って」

幸せ、と口にする瞬間、雄斗はわずかに顔をしかめた。

「お父さんは貧乏で大変だったから、お金があればそれだけ幸せになれると思ったそうです。会社員になって、自分の会社の社長になって、それでも足りなかった。もっと幸せになりたい。だから会社のお金を使ったそうです」

ふてくされたような口ぶりだった。

「手紙を読んで、どう思った?」

「よくわからないです。けど、ムカつきます」

雄斗は刺々しさを隠そうともしない。

「何がムカつくんだろう」

「だって、幸せになれるわけないじゃないですか。捕まるに決まってるのに」

剣のように尖った言葉を、オボロは沈黙で受け止めた。

雄斗の発言はまっとうだ。でもきっと、手紙に書かれていることもまた事実のはずだった。慎太郎は己の浅はかさと向き合いはじめている。だからこそ、矛盾を承知で息子への手紙を書いた。

「これが答えなんだったら、ぼくは父を許せません」

青白い顔をした雄斗は、テーブルの隅を見つめながら言った。眠れていないのか、目の下には隈が浮き出ている。唇は荒れ、髪は乱れていた。その姿が奇しくも、拘置所で会った慎太郎と重なる。

「ご両親を許すかどうかは、もちろん雄斗さんが判断すればいい」

オボロは慎重に言葉を選びながら告げる。

「でも、考えることだけは止めないでほしい。許す、許さないで立ち止まれば、そこから先に進めない。だから自分のなかで結論が出るまでは考えてほしい」

もっと幸せになりたかった。

その告白の意味がわかるのは、きっともう少し経ってからだ。今の雄斗にはわからなくても、五年後、十年後なら理解できるかもしれない。少なくとも、オボロには慎太郎の告白を愚かだと断じることはできない。

雄斗は不満そうだった。

「これから先も、たぶん感想は変わらないと思います」

「雄斗さんが納得できれば止めてもいい。でも心残りがあるなら、少しずつでもいいから、考えることを止めないでほしい。忘れてもいいし、離れてもいい。でも時おり、心に浮かんだその一時だけは考えてみてくれないか」

　卓上に両肘をついた雄斗は、突如、猛烈な勢いで頭を掻きむしった。ううう、とうめく声が鳴る。オボロはその様子を黙って見ていた。

　自分の発言が、雄斗のストレスになったことは想像に難くない。だからといって撤回することもできない。慎太郎はようやく、息子と向き合うきっかけをつかみつつある。わずかな好転の兆しを打ち消すわけにはいかない。

　やがて、雄斗は手を止めた。指の爪が脂で光っている。ゆっくりと上げた顔はいっそう青白さを増し、両目は充血していた。いつの間にか雄斗の面影は消えている。代わりに現れたのは、十四歳の朧太一だった。

　太一は目の前で震えている。今にも泣き出しそうな顔で、付添人のオボロを見つめていた。太一は救いを求めて唇を動かす。

「先生。結局、ぼくはどうしたらいいいんですか」

　少年の声が鼓膜を震わせる。

　闇のなかに、数々の記憶が沈んでいる。オボロは闇のなかを泳ぎながら必死で言葉を探す。ふと、そのうちの一つがぼんやりと光を放っているのを発見する。オボロは目をすがめ、その正体を知ると同時に口にしていた。

「自分を大事にすればいい」

それは、オボロがいつも少年たちに伝えていることであり、最も大切な相手から受け取ったひと言でもあった。

「あなたにとって、あなたは誰よりも大事な存在だ。あなたの心も身体も、あなただけのものだ。辛ければ休んでも逃げてもいい。もしも親や他人との関係で苦しんだとしても、自分を大事にしてほしい。生きてさえいればまた歩き出せる」

沈黙の後、少年はかすかに頷いた。野草が風に揺れるように、それは自然な動きだった。


中野雄斗の審判廷は静かに進行した。

家庭裁判所で割り当てられた法廷は、ちょっとした会議室程度の広さだった。ベンチに腰を下ろした雄斗の正面に裁判官が座っている。雄斗から見て、左手に調査官の浦井、右手に書記官がいた。付添人のオボロは浦井と雄斗の間にいる。室内にいるのはこの五人だけだった。

すでに調査官による処遇意見の陳述は終えている。児童養護施設への送致が相当、というのが浦井の見解だった。オボロもその結論に異議はない。雄斗は審判廷の空気に緊張しきっていたが、裁判官やオボロからの質問にも事前の打ち合わせの通り答えていた。

裁判官の女性が雄斗に語りかける。

「最後に言っておきたいことはありますか」

少年自身による最終陳述だ。雄斗は数秒黙って考え込んだ。

「……父と母のことなんですが」

オボロは身を乗り出す。打ち合わせにない台詞だった。ここまで順調だったのに、最後の最後で突拍子もないことを言い出さないか、と不安が押し寄せる。少年審判で少年が予定外の行動に出ることはままある。

「まだ、父と母がどうしてあんなことをしたのか理解できません。お金が欲しかったんだと思うけど、でも、仕事をしていたからお金が全然なかったわけではないです。オボロ先生とも話したんですが、まだ答えは出ていません」

大人たちは、無言で雄斗の言葉に耳をすましている。

「ぼくは父と母のことを、これから何度も思い出して、そのたびに考えようと思います。横領した人の気持ちがわかるかどうかはわかりません。けど、ぼくは父と母のことを知りたいです。だから、もういいや、と思えるまではずっと考えるつもりです」

声は上ずり、顎も上がっていたが、両目には力がこもっていた。

雄斗は自ら決意表明をしたのだ。オボロの提案を受け入れ、小さな身体で両親の抱える闇を受け止めることを決めた。それはきっと楽な道ではない。しかし暗い道の先には、彼だけの未来が待っているはずだった。

最終陳述は終わった。裁判官がオボロと浦井に目配せをしてから、口を開く。

「中野雄斗さんの処遇は、児童養護施設への送致とします」

その言葉と同時に肩の荷が下りた。審判は予想できていても、決定通知が出るまでは気が抜けない。読み通りの結論であったことにひとまず安堵する。

閉廷後、少年鑑別所の職員が雄斗を迎えに来た。裁判官や書記官は早々に部屋を出る。

「先生」

廊下へ去ろうとするオボロの背に、雄斗の甲高い声が浴びせられる。振り向くと、職員のかたわらで十歳の少年は深々と頭を下げていた。

「ありがとうございました」

その華奢な身体と綺麗なつむじを見ているうち、鼻の辺りにむず痒さを覚えた。ここで泣くわけにはいかない。オボロは歩み寄り、しゃがみこんで、顔を上げた雄斗と視線を合わせた。

「ぼくはあなたの付添人だから。これまでも、これからも」

目の縁に涙を溜めた雄斗は「はい」と答え、職員と一緒に去っていった。

オボロは家庭裁判所を後にした。

朝方まで降っていた雨のせいで地面は濡れている。水気を含んだ埃っぽい臭いを嗅ぎながら、人気のない道を選んで歩いた。誰にも見られていないことを確認してから、オボロは静かに泣いた。嗚咽を殺し、涙の雫をハンカチにそっと染み込ませる。

ぼくは、あの頃のぼくを救えているだろうか。

付添人として、少しは上手にやれているだろうか。

問いかけても答えはない。褒める声も、励ます声も聞こえない。名もなき路上でたった一人、オボロはたたずんでいた。

懐のスマートフォンが震える。ディスプレイに〈斎藤亜衣子〉と表示されていた。慌てて目元を拭い、空咳《からぜき》をしてから電話に出る。

「オボロです」

「……あ、先生。お久しぶりです」

亜衣子の声にはいくらかの遠慮が含まれていた。彼女から電話がかかってくるのは一年ぶりだった。

斎藤亜衣子はかつて、オボロが付添人を担当した斎藤蓮の母親である。蓮は河川敷で路上生活者に重傷を負わせた容疑で逮捕されたが、のちに彼の友人が真犯人であると判明し、不処分となった。

蓮の生活態度は逮捕前から荒んでいた。母一人子一人の家庭環境で、亜衣子のほうもすでに育児を諦めている節があった。だが皮肉なことに、蓮の逮捕がきっかけとなり、没交渉だった母子が再びコミュニケーションをとりはじめた。正しくは、亜衣子が蓮に向き合う努力をはじめた。

無職の蓮に働くよう諭し、夜の街歩きをやめるように言った。蓮はすんなり言うことを聞かず、しばらくは何の効果もなかった。そのたび、亜衣子はオボロに電話をかけてきた。蓮が更生しない、自分は母親失格だ。そんなことを電話口で幾度も喚いた。そのたびにオボロはなだめた。多い時は週に一度のペースでかかってきた。

亜衣子は嘆きながらも、蓮に語りかけることをやめなかった。

一年ほどして、蓮は遠方の塗装会社に就職した。少年院の出院者を多く雇っている協力雇用主で、亜衣子が自ら連絡をとった。経営者は蓮の事情に理解を示し、住み込みで働くよう誘った。蓮は直前まで迷った末、母に挨拶もなく、一人で新たな就職先へと旅立った。

最初のひと月は脱走したり、揉め事を起こしたりするのではないかと心配していたが、蓮は真面目に仕事を続けた。会話が苦手な蓮だが、黙々と仕事をこなした。雇用主の評判も上々だった。

オボロへの電話も徐々に間遠になり、この一年、亜衣子からの連絡はなかった。

「どうかしましたか、斎藤さん」

「あの……」

亜衣子は口ごもっていたが、じきに意を決したように「今日」と切り出した。

「蓮が、婚約者を連れてきました」

言いながら、涙声になっていた。言葉は嗚咽へと変わり、しゃくりあげる声がオボロの耳にこだまする。一気に胸が詰まり、何も言えなくなる。それでもどうにか言葉を絞り出す。

「おめでとうございます」

亜衣子は洟をすすりながら、何度も礼を言った。

事件当時、蓮に付き添ったのは確かにオボロだ。だがその後、長い年月をかけて蓮に付き添い続けたのは亜衣子だった。本当の意味で蓮の付添人を務めたのは、母子であることを諦めなかった彼女だ。

オボロは顔が熱くなるのを感じた。

通話を終えたスマートフォンに、青空が映り込んだ。思わず頭上を見上げる。雨雲の去った空は澄んでいた。冬が近い。

母が死んだ、と知らされた日のことを思い出す。あの日の動揺は、自分の非情さを信じたくなかったせいだ。だがそれと同時に、母という枷《かせ》を外されて自由になったことへの戸惑いもあったのではないか。

いきなり檻の扉を開けられても、警戒心の強い小鳥はすぐに飛び立とうとしない。迷い、ためらい、覚悟を決めた瞬間に外へとはばたく。オボロは今、ようやく飛び立つ時を迎えようとしている。

――これでいい。

足音を鳴らし、オボロは濡れた路上を歩き出す。事務所に帰れば山のような仕事が待っている。だが、不思議と疲れは感じなかった。

この道が、少年だった自分へつながると知っているから。

解説

「この本を読んで、山下さんを思い出しました」
私の元依頼者が10年ぶりに事務所に挨拶にお越しになった際、近況報告と共にお勧めしてくださったのが、この『付き添うひと』でした。

量販店で買ったスーツにノーネクタイで、雑居ビル3階の事務所と外とを行き来する、髭面の40代弁護士。「私は職場でのカップ麺を自粛している点がオボロとはちがう」などというささやかな異議を内心で留めながらも、元依頼者の方がオボロの生き様に私を重ねてくださっていたことを、素直に嬉しく光栄に思いました。むしろ、弁護士10年目のオボロが、時に自分自身の過去を告げながら全力で子どもたちに付き添う姿には、弁護士21年目の私も圧倒され、初心を思い起こさせられました。

この小説は、私たちの弁護士仲間が書いたのではないかと思うほど、鑑別所での面会や子どもシェルター入居手続が非常にリアルに描かれています。それだけでなく、やはり私たちの弁護士仲間がこの小説を書いたのではないかと思うほど、子どもたちの発する言葉や示す態度、そしてオボロが子どもたちに対してかける言葉に、私の心が共鳴し続けました。

私が長く定期訪問を続けている中高生の児童館からの帰路、西武池袋線内で読み進めて物語が終盤にさしかかり、終点池袋駅の降車ホームで立ち止まって読み終えた時、オボロが鑑別所で中野雄斗君にかけたメッセージ――オボロがいつも子どもたちに伝えることでもあり、そしてオボロが最も大切な相手から受け取った一言――に、涙が溢れました。

その感動をＳＮＳに投稿したのが、作者・岩井圭也さんの目にとまったのでした。

十四歳のオボロには、付添人がいなかった。オボロが自分の過去をそう振り返る場面があります。

多くの少年事件で国選の付添人弁護士がつくようになったのは、最近のことです。私が弁護士登録した２００３（平成15）年、国選で付添人弁護士がついていた少年はわずか９人でした。また、その年に少年院送致となったのは５２４１人で、そのうち付添人弁護士がついていたのは私選・国選あわせて１４１３人しかいませんでした。約20年前、７割以上もの少年が弁護士不在のまま審判を開かれ、少年院送致となっていたのです。これは全くおかしなことでした。

国選付添人制度は２０００（平成12）年の少年法改正によって初めてできました

が、対象事件は非常に限られていました。その後対象事件が徐々に広がり、2014（平成26）年改正によって多くの事件で国選付添人が付けられるようになりました。

以前は、国選といえば、成人の刑事事件で起訴後に国が弁護人をつけるというものでした。成人の刑事事件は、被告人に弁護士がついていなければ、裁判自体開くことができないのが基本です。法廷には被告人を厳しく追及してくる検察官がいますし、判決で言い渡される刑罰は被告人にとってマイナスなものですから、弁護士がいなければフェアでない、だから国が費用を負担してでも弁護士を付けなければならないのです。

ところが、少年事件の審判は、弁護士がいなくても開くことができます。通常、審判廷に検察官はいませんし、審判で言い渡される保護処分は（たとえ少年院送致であっても）少年にとってプラスなものなので、弁護士は必要不可欠ではない、自分で私選の付添人をつけるのは構わないけれども国選までは不要、というわけです。

しかし、事実を争っていくことや、犯してしまった事件を一緒に振り返り、家族や被害者との関係や今後の生活を考え、本人の言葉を裁判官にきちんと伝えていくこと、そのような弁護士のサポートは、子どもも大人と同じかそれ以上に必要です。

そこで、2001（平成13）年に福岡県弁護士会が当番付添人制度を立ち上げました。鑑別所に収容された少年に当番制で弁護士を派遣し、その弁護士が少年から選任されれば私選の付添人として活動する、費用は財団法人法律扶助協会（当時。現在は日弁連の法律援助事業が引き継いでいます）から支出する、というものです。この取組みが全国に広がっていった結果、その意義が認められ、現在の国選付添人弁護士制度に繋がったのです。

日弁連の法律援助事業は、全国の弁護士全員で毎月数千円ずつ出し合っている特別会費によって運営されています。弁護士たちの自腹によって取り組まれてきたという事実は、一般的にあまり知られていません。また、今は多くの事件で国選弁護人がつくようになったとはいえ、裁判所が国選付添人を選任しないケースもまだ多くありますし（※）、第三話の大川ひなたさんのようなぐ犯事件はそもそも国選付添人の対象外です。これらのような場合には、今も法律援助事業を利用する必要があります。日本も批准している子どもの権利条約は、少年司法における子どもの弁護人選任権を保障しています（40条）。条約の精神がきちんと実現されるように、弁護士たちは引き続き取り組み、声を上げ続けています。

※　2022（令和4）年、少年院送致となった少年773人の内訳は、国選付添人578人、私選付添人182人（日弁連の法律援助を利用しているケースと、親などが費用を負担しているケースの合計）、付添人なし13人でした。

『付き添うひと』には、少年事件だけでなく、子どものシェルターも登場します（第二話の駒井百花さんのケース）。

親の虐待などから逃げてきて今晩泊まる場所がない子どもは、児童相談所が一時保護をするのが原則です。しかし、虐待通告件数は急増しており、定員ぎりぎりの一時保護所は緊急性が高いケースや幼い子どもを優先しなければならず、10代後半の子どもは後回しになりがちです。

そのような子どもたちのために、２００４（平成16）年、弁護士が中心となって日本初の子どものシェルターが東京に立ち上がりました。ＮＰＯ法人（現：社会福祉法人）カリヨン子どもセンター・カリヨン子どもの家です。そしてこの取組みが、その後各地に広がっています。

子どものシェルターには、それまでの子どもの施設にはなかった重要な特徴があります。入居した子ども一人ひとりに担当弁護士、通称「コタン」がつく、ということです。コタンは子どもに寄り添ってその声にじっくりと耳を傾け、本人の意見を尊重しながら、多機関と連携し、虐待親との交渉や施設探し、自立に向けての調整などを行っていきます。子どもの権利条約が挙げる様々な権利の中でも、とりわけ重要なのが、子どもが自分の意見を表せること、大人にそれを尊重されることを保障した子どもの権利条約12条・意見表明権です。コタンの活動は、まさにこの意

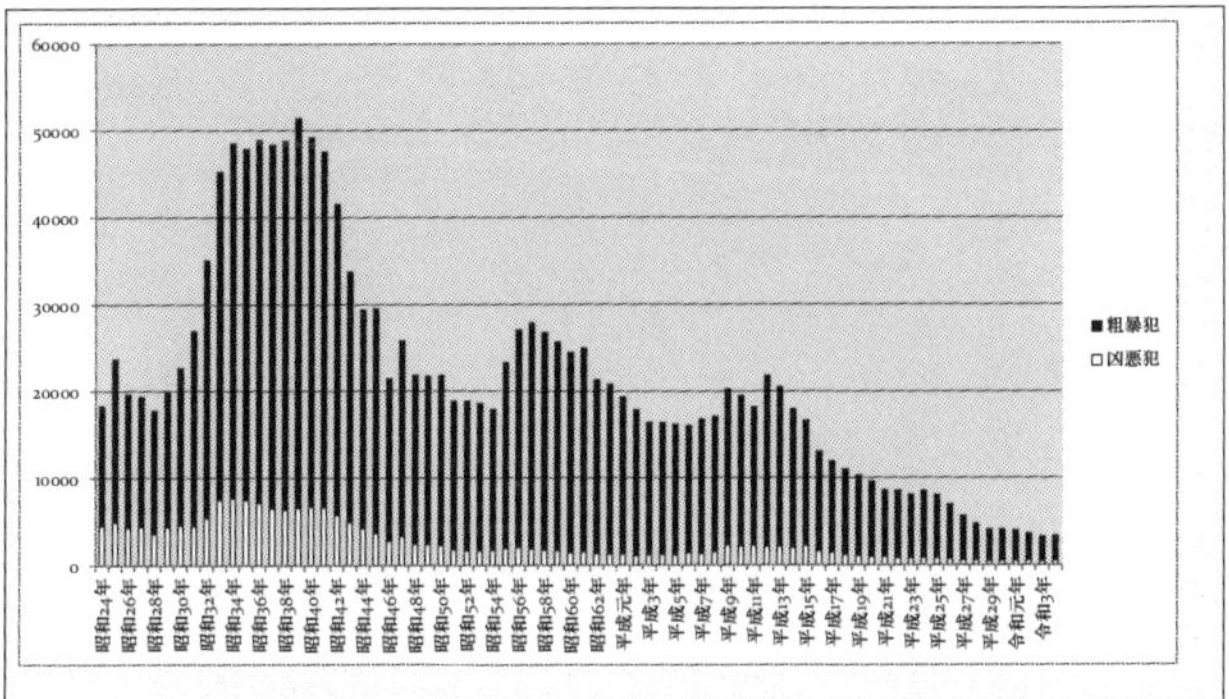

警察庁発行「犯罪統計書」「犯罪白書」「警察白書」より作成。凶悪犯は殺人・強盗・放火・強姦，粗暴犯は暴行・傷害・恐喝・凶器準備集合

見表明権の保障そのものです。

ちなみに、このコタンの費用も日弁連の法律援助制度で賄われていますが、将来的には公費負担とされるべきものです。

「少年事件が凶悪化している。それは少年法が甘いからだ。少年法をもっと厳しくするべきだ」。そのような社会の風潮を背景にして、少年法は厳罰化の方向の改正が繰り返されてきました。しかし、少年事件が凶悪化している事実はありませんし、むしろ少年事件の数は年々減少しています。私自身ここ数年、少年事件は、相談・依頼も弁護士会からの配点もなく、児童虐待事案で子どもたちの支援に注力しているのが実際です。

過去に社会を大きく騒がせた少年事件のルポタージュを読むと、「今であれば、その非行少年たちの家庭環境に、かなり早期の段階で児相が介入して、保護や支援がなされるのに」と驚かざるを得ない虐待が、当時は全く放置されていたことに気付かされます。

自分自身を大切にし、他の人を大切にすること。それは、自分が周囲から大切にされてこなければ、心と体に溶け収めることも、頭で理解することも、容易ではありません。児童虐待と少年非行は、子どもが被害者か加害者かで表面上は異なる事象ですが、子どもが大切にされてこなかったという本質的な点では全く共通しています。児童福祉法と少年法の二つが相互に入り組み、複雑な規定になっているのもそのためですし、シェルターのコタンも少年事件の付添人も、肩書きこそ異なっていても子どもに付き添う姿勢は全く同じなのです。児相の手続も少年審判の手続もどちらも非公開のため、個々のケースで弁護士が具体的にどのように動いているのかが社会からは見えづらいのですが、この小説はそれをしっかりと捉え、描き上げています。

弁護士は、人権擁護が使命です（弁護士法1条1項）。その人権とは何かを子どもたちにわかりやすく伝えるためにそれぞれの弁護士が工夫していますが、とりわけ子どもシェルターの立ち上げ・運営に尽力された、私の尊敬する坪井節子弁護士は、人権をいつも次の3つの柱で伝えています。

生まれてきてよかったね。ありのままのあなたでいい。
あなたは、ひとりぼっちじゃない。
あなたの人生の主人公は、あなた。

この坪井弁護士の言葉を聞いた新人弁護士の私は、大きな衝撃を受けました。「ひとりぼっちじゃない」が人権であるなどということは、法学部の講義でも、司法試験の憲法の人権分野の答案でも、司法修習でも、一切聞いたことがなかったからです。しかし、その後20年余り弁護士として様々な事件に取り組む中で、孤独ゆえに追い込まれてきた当事者や、支援の輪によって前に歩み出せた当事者に多く出会い、ひとりぼっちの人権保障などあり得ないことを体感しています。

それまで孤独だった少年に文字通り付き添い、ひとりぼっちにさせないということ。そして文字通りあくまで付き添いであって、人生を歩んでいく主人公は他ならぬその少年自身だということ。付添人という言葉は、単に少年事件の手続上の地位を示すだけでなく、人権擁護の本質を表しています。

弁護士の使命が人権擁護にあるといっても、弁護士だけが人権を守れるというわけではありません。誰もが人権を守ることができますし、本来そうあるべきです。弁護士一人が出会える子どもの数には、限りがあります。例えば私がこれまで関わってきた様々なケースでの民生児童委員や保健師や精神保健福祉センター職員などのように、そして、この物語の中の笹木さんのように、地域の中で子どもたちにしっかりと付き添う大人の存在が必要なのです。

「自分を大事に」。オボロが以前から子どもたちにかけていたその言葉を、オボロは笹木さんから受け取ります。それまで孤独に少年事件に取り組んでいたオボロは、自分自身の前歴が出発点となっていただけに、火傷をしそうなほどの熱さがあり、同時に、弁護士として危うい部分がありました。しかし、終盤、オボロが少年に語りかけた「自分を大事に」には、それ以前とは違う温かさと、同時に弁護士としての安定感があります。そして、オボロに付き添う笹木さんは、弁護士以上の「付添人」だったのだと気付かされます。

オボロや笹木さんのように、自分自身と目の前の相手を大事にしながら、子どもたちや社会のあらゆる人々に付き添うことのできる素敵な「付き添うひと」が、この小説を通してまた一人増えたこと――すなわち、この小説の読者の方とここでこうして出会えたことを、弁護士としてとても嬉しく思っています。

山下敏雅（弁護士）

主要参考資料

川村百合『弁護人・付添人のための少年事件実務の手引き』ぎょうせい
野仲厚治『少年事件、付添人奮戦記』新科学出版社
福岡県弁護士会子どもの権利委員会編
『少年事件付添人マニュアル第3版　少年のパートナーとして』日本評論社
その他、多数の書籍・雑誌・インターネット資料を参考にしました。

本書は、２０２２年9月に小社より刊行されました。
この作品はフィクションで、実在する個人、団体等とは一切関係ありません。

付き添うひと

子ども担当弁護士・朧太一

岩井圭也

2024年9月5日　第1刷発行

発行者　加藤裕樹
発行所　株式会社ポプラ社
〒141-8210　東京都品川区西五反田3-5-8
JR目黒MARCビル12階
ホームページ　www.poplar.co.jp
フォーマットデザイン　bookwall
組版・校正　株式会社鷗来堂
印刷・製本　中央精版印刷株式会社

N.D.C.913/287p/15cm　ISBN978-4-591-18320-5

P8101498